UNE FILLE
DANS LE VENT

SAMANTHA DAVIES

UNE FILLE DANS LE VENT

Avec la collaboration de
CHRISTEL DE TADDEO

BERNARD GRASSET
PARIS

Photo de couverture : © F. VAN MALLEGHEM / DPPI

© ISBN : 978-2-246-76411-3

« Il y a trois sortes d'hommes : les vivants, les morts, et ceux qui vont sur la mer. »

ARISTOTE

Prélude

Juste avant le Vendée Globe 2008-2009 – tour du monde en solitaire sans escale –, un auteur m'a contactée dans la perspective d'écrire un livre sur mon aventure à venir. Je l'ai accueilli, et envisagé son projet avec intérêt. Le challenge était de trouver du temps avant le départ de la course afin de préparer ce récit au mieux et d'ajouter, par la suite, juste ce qu'il faudrait de « vécu » pour équilibrer le projet tout entier. Malheureusement – mais sans surprise aucune – nous n'avons trouvé le temps ni de préparer ce livre, ni de dénicher l'éditeur susceptible de tenter avec nous un pareil exercice d'équilibriste.

Après ma 4e place au Vendée Globe, j'ai acquis une certaine notoriété dans et hors le milieu de la voile. Les propositions sont devenues plus nombreuses et plus variées. Mais j'ai tout repoussé en bloc, ne m'estimant pas prête à tenter pareil challenge. Quatre mois plus tard, une nouvelle sollicitation m'a semblé plus convaincante que toutes les autres. Elle laissait entendre que je ne m'étais pas bornée à accomplir une belle course, que j'avais aussi initié une autre façon de naviguer. Plus joyeuse, plus décontractée. Et, plus important encore, que le public s'était réjoui d'assister à une aventure où la douleur et la souffrance ne submergeaient pas l'essentiel du compte rendu.

Ce changement de perception et de point de vue m'a incitée à modifier ma propre attitude et à admettre qu'un livre pourrait finalement être le meilleur moyen, non seulement de me faire mieux connaître, mais surtout de partager mes convictions avec le plus grand nombre.

Je suis, comme disent les Anglais, une « water baby », un bébé de l'eau. Et je le resterai toujours. J'apprécie cet élément par-dessus tout. Que je nage, pratique l'aviron ou la voile, je suis heureuse. Même là, tout occupée à rédiger cette introduction, je suis perturbée et écartelée. La moitié de mon cerveau, mon « cerveau maritime », m'incite à laisser tout en plan pour rejoindre au plus vite l'océan tout proche, alors que l'autre moitié, mon « cerveau raisonnable », me commande de rester à mon bureau afin d'achever ce petit texte en temps et en heure.

Au cours de ces six derniers mois, j'ai été plus d'une fois perturbée. Écrire un livre est un travail de longue haleine, surtout pour une ingénieur comme moi peu habituée à traduire en mots – qui plus est en mots français ! – ses sensations et ses sentiments. C'est une activité qui prend du temps, un temps d'autant plus précieux, entre entraînements, courses et recherche de sponsors, qu'il m'est compté.

Pour toutes ces raisons, je suis très reconnaissante à Christel de Taddeo de m'avoir entendue, avec patience et compréhension, avant d'aboutir, pour moi, à un texte qui satisfasse mes exigences et mes envies. Entre mon bureau, le bateau et les réunions, je ne compte plus les allers-retours.

À l'heure qu'il est, je n'ai pas encore finalisé mon projet pour le prochain Vendée Globe 2012-2013. J'en suis à un stade où je passe beaucoup de temps en réunions, plus que je ne le souhaiterais.

Quel plus beau révélateur de soi-même qu'un voyage au long cours ? Tourner autour de la planète avant de la voir éventuellement tourner autour de soi. Confrontée aux éléments et aux intempéries, pressée par la concurrence et la compétition, je ne cesse de me remettre en cause. Avec suffisamment d'intérêt pour que je me sente le droit – en toute modestie – de faire partager cette passion.

S.D.

Chapitre 1
La mer dans le sang

Le large résonne en moi comme un appel sauvage. J'ai la mer dans le sang. Le père de ma mère pilotait des bateaux de course à moteur, et mon grand-père paternel, qui a toujours été pour moi un modèle, commandait un sous-marin de l'armée britannique pendant la Seconde Guerre mondiale. J'aime la compétition, la confrontation, mais je sais aussi que ce qui me pousse, par-dessus tout, c'est ce besoin irrépressible de retourner à la source. Dans la matrice. L'eau est mon élément. J'ai navigué avant même de savoir marcher.

Je n'avais pas deux semaines la première fois que mes parents m'ont embarquée sur leur bateau à moteur, le *Jennifer Mary*, qui portait le nom de ma mère. Pour eux, il était tout naturel d'emmener leur bébé à bord : ils prenaient la mer quasiment tous les week-ends comme d'autres se rendent en train à la campagne. Au fil des années, leurs embarcations ont pris du volume. La voile a remplacé le moteur. Lorsque ma sœur, de sept ans ma cadette, est devenue si grande que nos pieds se touchaient dans la couchette que nous partagions sur le *Samantha Clare*, le *Debbie*, plus spacieux encore, a ajouté à notre confort.

Jamais mes parents n'ont refréné leur passion. Depuis quelques années, leur vie est même entièrement tournée vers le large. A peine à la retraite, mon père a convaincu ma mère – sans grandes difficultés – de vendre maisons et voitures, pour partir vivre sur une goélette une existence plus légère, centrée sur l'essentiel. Ils ont baptisé leur magnifique bateau tout en bois *Niñita* : « fillette » en espagnol… Et lorsqu'ils passent me voir en Bretagne, où je vis désormais, ils en profitent pour venir faire leur lessive à la maison, comme les deux adolescents qu'ils n'ont jamais cessé d'être !

Je crois que, sans le vouloir, sans le savoir, mes parents m'ont naturellement transmis leur amour de la mer, mais, aussi et surtout, le plaisir que j'ai à jouer avec les éléments – écume, vagues, grains, vents – qui la sculptent et la composent. J'ai grandi sur un bateau ou pas loin. Dans un petit pavillon de briques rouges perdu sur Hayling Island, une île du sud de l'Angleterre, à peine plus grande que l'Île-d'Yeu. Malgré le cadre, la proximité de l'océan, l'omniprésence de nos bateaux, nous menions une existence très conventionnelle. Mon père était ingénieur, ma mère se consacrait à sa famille. Scolarisées dans un établissement privé, ma sœur et moi ne rechignions pas à consacrer plusieurs heures par semaine à l'apprentissage de la musique ou de la natation. Nous étions une famille normale, enfin, me semble-t-il.

Nos vacances, en revanche, sortaient de l'ordinaire. Je n'ai jamais passé une semaine dans une location, un camping ou une maison de campagne. Au programme : croisière obligatoire ! Quatre semaines durant. A peine larguées les amarres, j'avais, chaque année, le sentiment d'appareiller pour de nouvelles aventures. Invariablement la route de la découverte s'ouvrait devant notre étrave. Avec son cortège d'excitation et son lot de surprises. Toujours, avec moi, j'emportais un modèle réduit de voilier que mes parents m'avaient acheté dans une boutique de souvenirs en France. *Anne* était affublé d'une très longue ficelle que je nouais sur le tableau arrière du bateau de mes parents. Longtemps, le front collé contre le bastingage, je regardais mon petit protégé danser sur les vagues. En fin de journée, ma ficelle se résumait à un sac de nœuds qui, invariablement, occasionnait une crise de larmes et obligeait mon père à un exercice de patience sans fin.

Mes parents ont toujours pris soin de mon jouet flottant. Les premiers temps, *Anne* ne naviguait pas très bien. Il était handicapé par la modestie de sa voilure et la légèreté de sa quille, censée assurer la stabilité de l'ensemble. Sans tarder, *Anne* subit une refonte complète supervisée par mon père qui installa un bulbe de plomb plus important et un nouveau jeu de voiles confectionné à partir d'une chute de tissu récupéré pour l'occasion.

J'adorais la croisière : partir avec mon petit sac marin, m'asseoir sur le pont, au milieu de tous mes livres éparpillés, et bouquiner au soleil, tenir compagnie à mon père ou à ma mère pendant leur quart de veille... Je n'avais pas d'heure pour aller me coucher. J'étais libre. Je me réveillais parfois au milieu de la nuit et me glissais au plus loin du cockpit où je surprenais souvent mon père assoupi.

« Papa, tu dors ?

— Non, je regarde les étoiles... »

Nos intentions ne variaient guère. Nous voulions rejoindre les côtes françaises, mais nos atterrissages changeaient en fonction de la direction et de la force des vents. Le golfe du

Morbihan avait notre préférence, mais nous ne réussissions pas toujours à passer Ouessant, à la pointe de la Bretagne. Ralentis par une tempête, nous nous détournions sur les Côtes d'Armor : à Paimpol, Perros-Guirec ou Saint-Malo...

Chaque année, nous faisions de nouvelles connaissances : en priorité des familles anglaises venues, comme nous, passer les vacances sur leur bateau. Sans goût particulier pour le communautarisme, nous nous regroupions faute de pouvoir parler correctement le français. Au fil des saisons, le cercle de nos amis s'agrandissait. Les parents échangeaient leurs adresses, se téléphonaient pour se communiquer leur date de départ et l'estimation de leurs arrivées. Chaque été, j'étais impatiente mais aussi pleine d'espoir. Rien à voir avec un rendez-vous au bord d'une piscine. Lorsque nous approchions des côtes, nous nous branchions sur la VHF, le cœur battant et éclatant de joie dès le premier contact établi.

Je me souviens surtout de mon amie Claire, une grande brune toute fine qui avait le même âge que moi. Et des trois enfants de Chris et Jean que mes parents appréciaient beaucoup : Sarah et ses cheveux blonds, Ian qui devait avoir deux ans de plus que ma petite sœur Debbie, et surtout Duencan, costaud et bouclé, mon premier amour de vacances lorsque j'avais 15 ans ! Nos deux familles s'entendaient à merveille. Parfois, nous avions même la permission de passer la nuit sur la plage sous la (haute) responsabilité de Duencan ! Nous faisions un feu de camp, Claire sortait sa guitare, juste avant que les plus fatigués ne s'endorment les bras en croix.

Quand nous changions de mouillage, nos parents nous confiaient un des deux voiliers. Nous naviguions côte à côte, le bateau des parents, et celui des enfants. Ils donnaient ainsi à nos vacances une saveur particulière : le goût, sans doute, de la liberté. Certains soirs, nous descendions « en ville ». Je garde un souvenir particulier d'une virée dans la ville close de Concarneau : un îlot d'environ 350 mètres de long, protégé des vagues par une muraille comme une minuscule forteresse. Ian, qui avait emporté son violon, s'était posté au coin d'une rue, l'étui de son instrument ouvert à ses pieds. A la fin de sa démonstration, la boîte était remplie de pièces que nous nous sommes empressés de convertir en sucreries.

Nous formions une bonne bande de gamins espiègles et dégourdis. Pas autrement effrayés de pratiquer la plongée libre grâce à un système artisanal mis au point par Duencan : un tuyau d'arrosage fixé d'une part à un tuba et d'autre part à la pompe à air de l'annexe de notre bateau ! Pendant que l'un d'entre nous pompait dans le pneumatique, l'autre respirait tant bien que mal. Avec le recul, je ne suis pas certaine que ce dispositif puisse être recommandé, mais il était très efficace pour pêcher les moules. Nous partions aussi en expédition sur la plage, à la recherche de coquillages ou de petits crabes. Que de moments inoubliables ! De lieux merveilleux ! Les sentiers côtiers de Belle-Île-en-Mer et ses criques minuscules ; l'île de Groix et ses plages satinées de sable rose ; les cailloux de granit à la pointe de l'île de Houat dont la grande plage en arc de cercle est bordée de dunes ; Hoëdic, austère et tourmentée, qui a inspiré – je l'apprendrais plus tard – *L'Or des mers*, sombre histoire d'amour et de trésor comme les apprécient les enfants [1] – et moi-même – portés sur le fantastique et l'extraordinaire.

Mes parents suivaient, matin, midi et soir, les prévisions quotidiennes du service de météorologie marine de la BBC. Dès mon plus jeune âge, j'écoutais moi aussi, avec la plus grande attention, la voix monocorde qui, à intervalles

1. Film de Jean Epstein, 1932.

réguliers, sortait du récepteur. Un rituel au moins aussi excitant que l'histoire du soir. Peuplé de noms étranges, de formules magiques, de rebondissements aussi… Je jubilais à la simple idée de devoir changer de mouillage pour éviter un grain mauvais. Imperceptiblement, je sentais la tension monter d'un cran sans pour autant m'inquiéter le moins du monde. Au contraire : pour moi, tout ce processus faisait partie de l'aventure. J'avais l'impression de jouer à une partie de cache-cache géante avec le vent. De tourner une nouvelle page du *Livre dont vous êtes le héros*…

Lorsque nous devions déplacer le bateau au beau milieu de la nuit, surpris par un orage, je montais sur le pont contempler les éclairs comme si le ciel tirait un feu d'artifice. Je n'ai jamais eu peur, sans doute parce que je n'ai jamais douté de mes parents. Même à Aurigny, petite île anglo-normande située au large de Cherbourg où, un jour, nous avons essuyé des vagues monstrueuses, si terribles qu'elles emportaient certains blocs de béton supposés renforcer la partie inférieure de la digue ! Le capitaine du port avait recommandé à tous les plaisanciers de rester à l'intérieur de leur bateau. Comme toujours, mes parents ont scrupuleusement respecté les consignes de sécurité. Le lendemain, nous apprenions la mort d'un homme, sorti sur le pont de son voilier : il avait été emporté par la mer !

« Sam, comment se fait-il que tu sois devenue navigatrice alors que tu as grandi sur un bateau ? » m'a demandé Philippe Jeantot, fondateur du Vendée Globe, lorsque je l'ai rencontré il y a quelques mois à Saint-Gervais à l'occasion du Trophée « Mer et Montagne ». Jusque-là, nous n'avions pas échangé un mot. Mais sur le télésiège où nous nous sommes retrouvés par hasard, Philippe m'avoua son incompréhension. Lui-même a élevé ses deux fils sur un voilier, mais aucun ne se sent l'âme baladeuse pour autant. L'un est devenu cavalier, l'autre judoka. A sa grande surprise.

Il n'y a pas de règle. Aucune vocation n'est programmable. Je dis souvent que mes parents m'ont tout appris sur un bateau, y compris cuisiner du rosbif et du pudding par un vent de force 8 ! Je leur suis extrêmement reconnaissante et pas seulement pour le rosbif et le pudding... Mes parents m'ont ouverte à un monde qui est devenu le mien. Ils m'ont donné le goût de la navigation et de l'aventure mais ils ne m'ont forcée en rien.

J'ai des parents formidables en ce qu'ils m'ont sans cesse soutenue sans jamais me contraindre. Je suis sans doute plus proche de ma mère avec qui j'ai toujours entretenu une connivence sans faille. Mon père était souvent pris par son travail et ses déplacements. Il a longtemps travaillé sur des plates-formes pétrolières en Libye, alternant quatre semaines de mission et un mois de vacances sans discontinuer. Six fois par an nous avions droit au cérémonial des retrouvailles, mais aussi à celui du grand départ, bien sûr beaucoup moins agréable. Toujours à cause de ces rotations perpétuelles, un Noël sur deux était sacrifié. Occasionnant des peines plus douloureuses encore. Sans téléphones portables, sans connexions Internet, nous limitions nos conversations à un rendez-vous hebdomadaire, le dimanche après-midi. Au final, il me semble que cette situation particulière m'a appris à ne pas considérer la solitude comme une servitude. Ma mère n'avait pas choisi la sienne ; pourtant, je crois pouvoir dire qu'elle ne l'a jamais subie. L'absence de mon père ne semblait pas l'affecter outre mesure. Elle avait sa vie et se débrouillait très bien sans lui. Mon père ne pouvait pas en dire autant. Je me souviens que les rares fois où ma mère n'était pas à la maison, nous mangions immanquablement des tartines de haricots rouges. Mon père est incapable de préparer un repas. Je ne suis même pas sûre qu'il sache comment fonctionne une cuisinière !

Mes parents formaient un couple *old school* : mon père travaillait et ramenait l'argent à la maison tandis que ma mère s'occupait du ménage, des courses, des repas... Je n'ai jamais vu papa entreprendre une lessive ou étendre le linge. A bord de leur bateau, leurs activités changent quelque peu. Du moins celles de ma mère puisqu'elle barre de temps à autre et participe à la manœuvre. Rassurez-vous, mon père ne fait pas davantage la cuisine et trouve toujours un bon prétexte pour fuir les corvées de ponçage et de peinture... Ce n'est pas un macho pour autant. Au contraire, il a très tôt souhaité que nous poussions nos études au maximum pour assurer, le temps venu, notre indépendance. Maman appréciait d'autant plus qu'elle était issue d'une famille où les filles se prédestinaient obligatoirement à devenir secrétaires puis mères de famille. Si elle avait eu notre chance, elle aurait fait une institutrice hors pair. Je n'ai jamais rencontré plus patiente et plus pédagogue que maman.

C'est elle qui m'a appris à lire. J'avais 2 ans ! Malheureusement, en Angleterre, les élèves ne sautent pas de classe comme en France. Du coup les instituteurs ne savaient pas trop comment m'occuper. Je n'en étais pas moins une enfant très épanouie quoique terriblement timide. Je n'ai rencontré aucun problème particulier durant ma scolarité. Pas une seule fois mes parents ne m'ont menacée de me priver de sorties au cas où je récolterais de mauvaises notes. Ils se contentaient de me montrer combien ils étaient fiers de moi et ne manquaient jamais de me féliciter lorsque je rentrais avec un supercarnet. Une attitude qui m'incitait à travailler plus encore.

Chapitre 2

Perdue sur mon île

Sur le front de mer, le vent me pousse et me bouscule. Sur le chemin de l'école, je dévale la route en équilibre sur mon vélo à la manière d'une funambule. L'air du large dérange mes cheveux blonds et gonfle mon blazer comme une voile. J'aime ce tendre désordre, la saveur du sel sur mes lèvres, l'écume des vagues humectant mon visage, le bruissement de la vitesse murmurant à mon oreille. J'ai 16 ans et je vis toujours dans un quartier résidentiel de Hayling Island. La maison de mes parents est carrée, en briques rouges, avec un toit en tuiles, cachée derrière deux marronniers bordant la palissade.

Chaque matin, j'enfourche mon vélo pour me rendre au lycée à Portsmouth, de l'autre côté de la baie ; un beau Peugeot avec un cadre bleu ciel barré d'un trait jaune et orange à l'arrière duquel j'arrime comme je peux l'étui de ma clarinette. Au bout de ma rue, je retrouve ma copine Jo, courtes boucles blondes et sourire XXL, qui joue de la trompette dans le même orchestre que moi. Même chargées comme des sherpas, nous slalomons au gré des bourrasques. Les jours de tempête, notre progression tient de l'équilibre instable. Entre les voitures et les camions, nous abordons chaque virage avec des airs de Charlot : aussi assurées que deux clowns poursuivis par un âne, une pile d'assiettes installée au bout de chacun de nos bras. Pour ajouter au comique – discutable – de la situation, nous prenons des seaux d'eau dans la figure chaque fois qu'un conducteur, pas autrement prévenant, roule à fond dans une flaque ! On râle, on rigole, et on se remet à pédaler comme des dératées pour attraper le premier ferry, seul capable de garantir notre arrivée en même temps que nos autres copines parties en voiture avec leurs parents.

Chaque matin, c'est la course ! J'attends que les portières claquent et que les moteurs démarrent pour lancer mon propre compte à rebours. Les voitures doivent s'engager sur une route à une voie, toujours très embouteillée, pour rejoindre la côte par le pont et contourner ensuite la baie sur près de 20 kilomètres. Avec mon deux-roues, le parcours est donc plus direct et plus rapide – la traversée en ferry ne dure que quatre minutes à peine – mais je n'ai que mes jambes pour parcourir – en cinquante minutes montre en main – l'ensemble du trajet depuis chez nous jusqu'à mon lycée situé dans un quartier chic, entre l'hôtel de ville et le front de mer.

L'embarquement est un poème. Organisé au pied du « Ferry Boat Inn », un pub du bout du monde, avec ses murs blancs, son enseigne en bois peint, sa terrasse qui regarde la grève où reposent une demi-douzaine de barques ventre en l'air. La taverne tient son nom d'un standard des années 1950 interprété par les Beverley Sisters : « *Down at the ferry boat inn, everybody's making merry, down at the ferry boat inn, waiting for the river ferry...* » La société qui assure le passage d'une rive à l'autre est une entreprise familiale, et le ferry, un tout petit bateau en aluminium, qui tourne 363 jours par an et par tous les temps. Même lorsque le pont entre Hayling Island et la côte est fermé et que les voitures ne peuvent plus quitter l'île – ce qui est quand même extrêmement rare –, *Proud of Hayling* continue de transborder les piétons et les cyclistes sans se soucier du mauvais temps.

Jo et moi faisons partie des passagers réguliers qui se serrent, les jours de tempête, sous l'auvent installé à l'arrière du bateau. Le soir, lorsqu'il ne nous a pas vues monter à bord, le capitaine, compatissant, reste quelques minutes de plus à quai, conscient que les jambes, en fin de journée, sont souvent lourdes, surtout lorsque le vent est contraire. Tirant la langue, courbée sur mon guidon, je remercie, dans ces moments bien particuliers, mes parents de ne pas m'avoir incitée à jouer de la contrebasse…

A l'origine, c'est le piano qui m'attirait, mais il n'était pas question d'en acheter un. Le violon m'a également tentée, mais mes parents n'auraient pas supporté de m'entendre le torturer à longueur de week-end. J'ai donc eu le choix entre la clarinette et la flûte traversière. Si je me suis finalement tournée vers la clarinette, ce n'est pas parce que mon père en possédait une – sincèrement, les sons qu'il a pu en tirer n'avaient pas vocation à me donner envie de le suivre dans cette voie –, mais parce que je me suis imaginée basculer à partir de là vers un instrument plus funky comme le saxophone. J'ai essentiellement joué dans le cadre de l'école. Une aubaine : cette option nous permettait de temps à autre de sauter telle ou telle matière plus classique. Autre avantage : notre orchestre se mélangeait souvent avec celui des garçons. Ce n'est pas que je recherchais particulièrement leur compagnie ou que je leur portais une attention démesurée, mais je trouvais sain, et en un sens rassurant, d'en voir de près de temps en temps...

J'ai effectué l'essentiel de ma scolarité à la Portsmouth High School, une institution privée centenaire, nichée dans des bâtiments de briques, qui dispense un enseignement élitiste et impose une tenue vestimentaire très stricte. Je n'aimais pas mon uniforme. Comme la plupart de mes copines, je remontais ma jupe pour la raccourcir et je faisais tire-bouchonner mes bas de laine sur mes chevilles. En Angleterre, presque toutes les écoles ont un code vestimentaire les distinguant les unes des autres ; une sorte de signe d'appartenance, dont le sens m'a toujours échappé. Lorsque l'on est scolarisé dans le privé, comme c'était mon cas, l'uniforme reste surtout le meilleur moyen de se faire repérer par les élèves des quartiers populaires dont les intentions ne sont pas particulièrement amicales.

Dans le meilleur des cas, mes copines et moi nous faisions copieusement insulter. Autant se promener dans les rues de Portsmouth avec un maillot de l'équipe de foot de Southampton sur le dos, un club aussi apprécié ici que le Paris-Saint-Germain à Marseille... A la sortie des cours, sur le chemin du retour, des groupes de filles, scolarisées dans des écoles publiques, nous tendaient régulièrement des embuscades. Personnellement, je ne me suis jamais retrouvée prise dans une bagarre. Sans doute ai-je toujours pris soin d'éviter les problèmes. Lorsque vous n'êtes pas prédisposée à une carrière de catcheuse, la meilleure stratégie à adopter reste encore l'esquive. J'ai rapidement intégré que lorsque vous portez l'écusson jaune dans lequel s'entrelacent les initiales de Portsmouth High School, mieux vaut ne pas trop traîner dans certains endroits de la ville.

Si je n'aime pas l'uniforme, c'est aussi pour des raisons pratiques : même correctement habillées vous n'êtes jamais suffisamment couvertes ! Je ne compte plus les fois où je me suis « gelée » sous ma chemise en coton bleue, mon pull en V et mon veston bordeaux ! Jamais les couches de T-shirts ou paires de collants supplémentaires ne m'ont garanti une chaleur satisfaisante. Et que dire des séances de sport sur le front de mer et en minijupe ? De ces parties de balle organisées sur la plage au milieu des algues avec un simple polo en guise d'armure antifroid ? De toute manière, j'ai toujours détesté les activités commandées : la course à pied autant que les sports collectifs...

Mes passions étaient aquatiques : natation et voile, deux disciplines, comme un fait exprès, non inscrites au programme ! L'eau a toujours été mon élément. Du plus loin que je me souvienne, j'ai toujours été attirée par les vagues. Je navigue avec mes parents depuis ma plus tendre enfance. Adolescente, je me suis émancipée un peu en optant pour le dériveur. Pour me récompenser d'avoir obtenu le maximum de points à mes examens l'année de mes 15 ans, mes parents m'ont acheté ma première coquille en plastique dotée d'une dérive et d'une voile « comme les grandes » ! Naomi, licenciée dans le même club de natation que moi, m'a, la première, initiée aux virements de bord, en me montrant comment tirer des bords pour faire virer mon engin nerveusement. Plus âgée que moi de trois ans, cette fille, entreprenante et téméraire, m'a plus d'une fois invitée à West Beach, le spot des surfeurs et des véliplanchistes, pour chercher des vagues de plus d'un mètre. Pas de doute : la voile légère, avec des vents de près de 30 kilomètres-heure, ça décoiffe un max !

Dans la foulée, je me suis inscrite au Hayling Island Sailing Club, à l'extrême sud de l'île, avec vue sur la mer et la baie de Chichester juste en face. Bien que timide, je me suis intégrée sans tarder. Plusieurs coupes ont suivi. Qui m'ont rendue d'autant plus fière que mon premier objectif fut longtemps de terminer ma course : surtout ne pas chavirer, ne pas m'« afficher », ne pas me faire repêcher lamentablement par les sauveteurs en mer ! En soi chavirer ne m'a jamais fait peur. Bien au contraire. Je trouvais cela plutôt marrant. Si j'ai poursuivi dans cette voie c'est moins pour la compétition que pour les sensations : la glisse, le toucher, le contact avec les éléments. Mais le regard réprobateur d'un tiers, non merci !

Privé de lest, le dériveur a naturellement tendance à se retourner, d'où le port du gilet de sauvetage obligatoire. Pour assurer sa stabilité et augmenter sa vitesse, il faut composer avec plusieurs paramètres comme le réglage du gréement ou encore le placement du corps. C'est une alchimie à la fois savante et instinctive. J'adore me tenir en dehors du bateau, comme à la fenêtre d'une voiture, sentir le vent et l'écume sur mon visage, voir l'eau défiler sous mon corps tendu, tout juste retenu par les sangles de rappel. J'aime cet équilibre fragile, cette remise en cause perpétuelle des lois de la pesanteur.

Lorsque vous naviguez en dériveur, il ne faut pas avoir peur de vous mouiller, tout particulièrement si vous embarquez avec moi : j'adore jouer avec le feu au risque de basculer dans l'eau ! Tout le monde n'apprécie pas. Sans doute ai-je traumatisé quelques équipières. Des filles qui ne savaient pas s'amuser et vivaient chaque retournement comme un drame. Les garçons font moins de manières. Je crois que c'est grâce au dériveur que j'ai commencé à aimer leur compagnie. Dès que le gros temps se levait, je constatais que j'étais la seule fille à m'agiter. Perversité ou masochisme : j'adorais descendre sur la plage quand le vent m'empêchait quasiment de border mes voiles et transformait mon voilier en shaker... Un jusqu'au-boutisme qui a endommagé plusieurs de mes mâts et valu quelques retours gênés à la maison où mon père, imperturbable, réparait les dégâts sans trop se poser de questions.

L'hiver, seule ma copine Emma, elle aussi récompensée d'un dériveur par ses parents, était de la partie. Elle était inscrite dans un autre club que le mien, le Locks Club de Portsmouth, mais passait un maximum de temps avec moi. Parmi toutes les filles que j'ai connues, Emma a toujours été ma meilleure amie. Nous partagions tout, ou presque. A commencer par d'excellentes notes à l'école. Mêmes dispositions pour les mathématiques, pour la physique, pour la chimie. Même tournure d'esprit. Et même propension à nous stimuler l'une l'autre jusqu'à obtenir sans cesse de meilleurs résultats. Au-delà de ses petites couettes auburn et de ses fines lunettes rondes, Emma était une sportive accomplie. Adepte de netball, un dérivé féminin du basket, quand moi-même je répétais inlassablement mes chorégraphies en bassin. Notre seul point d'opposition. Avec un joyeux paradoxe à assumer par la même occasion : moi si sauvage en apparence, si à l'aise sur les vagues changeantes, si portée sur les exercices nautiques improvisés, j'ai, durant des années, adoré une activité calibrée au possible : la natation synchronisée. Une astreinte qui mérite quelques explications.

Chapitre 3

Dame de nage

Lorsque j'avais cinq ans, je rêvais de devenir danseuse. A dire vrai, je n'étais pas très douée pour ça. J'ai suivi des cours pour faire comme mes copines, et, sans doute aussi, parce que ma mère avait envie de disposer d'un peu de temps libre. Alors pourquoi m'imaginer danseuse ? Pourquoi pas institutrice ou fleuriste ou encore cosmonaute ? Je crois que je voulais surtout briller comme une étoile et m'offrir aux regards des autres sous mon meilleur jour. Cela peut paraître surprenant de la part d'une enfant aussi timide que moi, mais, c'est vrai, je me suis imaginée plus d'une fois sur scène face à un parterre de spectateurs m'applaudissant sans relâche. Cette lubie n'a pas duré. J'ai toujours été plus à l'aise dans l'eau que sur les planches. Si je n'ai jamais extrapolé nos merveilleuses traversées en une activité ou un métier que je pourrais exercer un jour, si le métier de navigatrice ne m'a jamais paru envisageable, j'ai toujours admis que la mer ferait un jour partie de mon paysage. Et que l'eau serait un élément où je me sentirais à l'aise et en confiance pour toujours.

Je savais à peine marcher que je savais nager. Je pense que mes parents avaient envie de s'assurer que je ne coulerais pas comme une pierre si je venais à tomber de leur bateau... C'est la raison pour laquelle, au cours de vacances en Grèce, mon père m'a jetée et jetée encore dans la piscine de l'hôtel, sous les regards effarés des autres vacanciers : il était convaincu que j'apprendrais plus vite à nager en situation extrême ! La méthode est discutable, non recommandable, il n'empêche, elle s'est révélée, en ce qui me concerne, parfaitement efficace. Avec quelques leçons plus académiques en prime, je suis devenue, dès l'âge de 2 ans, une terreur des bassins. Ma prof attitrée, Barbara Brailey, jouissait d'un tempérament hors norme. Inflexible et acariâtre à souhait. Même si mes progrès étaient liés davantage à la peur qu'elle m'inspirait qu'à ses conseils proprement dits, je dois reconnaître qu'elle fut une formidable monitrice. Sans doute a-t-elle traumatisé quelques enfants, mais je garde, pour ma part, un bon souvenir de son enseignement. Je ne sais pas si j'étais vraiment douée, mais j'adorais nager et profitais, je pense, de quelques prédispositions. A dix ans, j'avais obtenu tous les certificats possibles, pour toutes les nages, sur toutes les distances. Madame Brailey a alors proposé à mes parents de m'inscrire au club de natation synchronisée, dont elle avait également la charge. J'adorais jouer dans l'eau, nager en apnée : alors pourquoi pas ?

Mes premières séances furent laborieuses. Premier problème : m'intégrer dans une équipe. Les autres filles du groupe me menaient la vie dure. Elles venaient, pour la plupart, de quartiers populaires et n'étaient pas de mon milieu. Elles m'ont tout de suite cataloguée « gosse de riches » parce que j'étais scolarisée dans le privé et que ma famille possédait un voilier. Non seulement elles ne m'adressaient pas la parole, mais, en plus, elles se moquaient sans cesse de moi. D'emblée j'ai hérité d'un surnom : « Posh », snob en anglais.

Leurs sarcasmes me taraudaient. Je les subissais en silence et découvrais une situation totalement inédite pour moi. Élevée dans une bulle de bonheur auprès de parents qui m'avaient toujours préservée, je vivais dans un monde merveilleux, tranquille et sans histoires. Du jour au lendemain, j'ai découvert la méchanceté et je n'ai pas compris. C'était épouvantable.

Chaque nouvel entraînement virait au cauchemar. M'y rendre me pesait. Comme si mon cœur se chargeait de pierres à chaque nouvelle échéance. Forcément j'ai craqué et refusé de poursuivre ce qui, à mon échelle, était un chemin de croix. Ce sont mes parents qui m'ont poussée à persévérer. Je me suis fait violence. Je crois que c'est à ce moment précis que j'ai commencé à m'endurcir. J'ai repris mes habitudes en tentant de faire abstraction de ce qui pouvait parasiter mon plaisir : les quolibets des filles mais aussi les coups de gueule de « la sorcière », notre entraîneur, que j'aimais bien, mais qui pouvait se montrer très intolérante.

Petit à petit, j'ai gagné ma place dans le groupe. A l'entraînement, mais surtout en compétition où ma contribution, toujours dévouée et efficace, participa de beaucoup à ma reconnaissance. Malgré nos différences nous formions une équipe. Les échanges se sont multipliés. Moi-même j'ai beaucoup appris et compris que certaines de mes attitudes pouvaient effectivement passer pour des accès de snobisme. Ma candeur était immense. A proprement parler, j'ignorais ce que vivre dans la précarité pouvait signifier. Les autres filles firent le chemin inverse. Elles finirent par admettre que mes éventuels jugements étaient tout sauf méprisants, simplement naïfs et maladroits. Régulièrement, elles se moquaient de ma façon de parler. Mais là encore la légèreté était de rigueur. Magie des échanges : je suis finalement devenue plus proche de ces filles que de celles avec qui j'étais scolarisée depuis toujours. Au total nous avons passé sept ans ensemble dans et autour des bassins. Nos plus belles années.

Grâce à la natation synchronisée, je me suis forgé un caractère bien trempé et un corps d'athlète. La discipline est extrêmement exigeante, d'un point de vue musculaire autant que respiratoire. Suivre une musique tout en exécutant des mouvements dans l'eau sans perdre ses repères demande un maximum de concentration. C'est un sport complet à la croisée de la natation et de la gymnastique avec une vraie dimension artistique. Plus que les figures imposées, j'aimais les ballets aquatiques et l'idée de créer un programme libre comme d'autres montent des spectacles. Je n'écoutais de la musique que pour trouver celle que j'allais poser sur ma chorégraphie. Je me souviens avoir choisi le morceau *Funky town* – le tube disco de Lipps Inc. – lorsque j'ai nagé avec la sélection régionale ; ou encore l'incontournable tube du groupe Queen, *We are the champions*, pour un programme en duo.

J'ai pratiqué la natation synchronisée à haute dose, entre 11 et 18 ans. Dès mes toutes premières compétitions, je me suis investie totalement. Mon quotidien s'est longtemps articulé autour de mon sport. Je m'entraînais tous les soirs après les cours. Je devais trouver le temps de faire mes devoirs avant ma séance, car je savais que je serais ensuite trop crevée pour les terminer une fois rentrée à la maison. Il m'est souvent arrivé de faire sonner mon réveil aux aurores de manière à terminer mon travail avant de rejoindre l'école. Généralement, j'avais un gros coup de barre en fin de matinée et après le déjeuner, et je ne compte pas le nombre de fois où je me suis endormie en classe. Cela ne m'a pas empêchée de rester une élève brillante. J'ai bossé dur pour mener de front ma passion pour la natation et ma scolarité.

Je n'ai jamais rêvé des Jeux olympiques. J'évoluais au niveau régional et je ne me faisais pas d'illusions sur ma marge de progression. J'ai toujours été très réaliste. Sans doute un peu trop. Ma sœur Debbie, qui a nagé avec la sélection nationale, avait beaucoup plus d'ambition que moi. Elle a commencé la natation synchronisée à l'âge de 5 ans. D'emblée elle se révéla extrêmement douée. J'étais très fière d'elle et de ses performances. Si je me souviens bien, nous n'avons nagé qu'une seule fois ensemble : à l'occasion du gala de Noël organisé chaque année par notre club. Avec ma copine Naomi, nous formions un trio aussi burlesque que notre chorégraphie, exécutée sur un *medley* de musiques ridicules, parmi lesquelles la mémorable scie de Tigrou : *The wonderfull thing about Tiggers*, tirée de la bande-son de Winnie l'ourson.

Lorsque Debbie a commencé à accumuler les succès, j'étais moi-même sur le point de virer de bord : je voulais laisser tomber la piscine et disputer des régates. C'est l'avantage d'avoir sept ans de différence : Debbie et moi n'avons jamais été en concurrence. J'étais ravie de la voir réussir. Ma sœur est une compétitrice née. Il faut qu'elle gagne coûte que coûte. Seul lui importe le résultat. En cas de défaite, la crise de larmes était assurée. Une situation qui ne m'a jamais effleurée. Mon envie de m'imposer était réelle, mais sans doute moins marquée que chez elle. Il faut croire que je suis moins pressée, moins impatiente. C'est d'ailleurs pour cela que j'apprécie la course au large : un exercice où il faut parfois accepter de perdre des milles durant les premiers jours de course pour mieux choisir une option et terminer devant à l'instant de l'emballage final. Ce n'est pas gagner tout de suite qui m'intéresse mais trouver comment être la première trois semaines plus tard.

Debbie et moi avons pratiqué la même discipline, de manière intensive, mais avec des approches différentes. Dans l'eau, ma sœur était une « killeuse ». Mais elle avait besoin d'être poussée en permanence. Elle avait confié à ma mère la lourde charge de la réveiller chaque matin, consciente que si personne ne venait la tirer de sa couette, elle ne trouverait jamais la force de se lever pour aller à l'entraînement. Comme elle n'était pas matinale, et moins prédisposée que moi à faire des études, elle ne risquait pas non plus de se lever de bonne heure pour terminer ses devoirs. Nous avons suivi notre scolarité dans la même école, et les professeurs qui nous ont eues toutes les deux ne manquaient pas de noter cette différence. Je crois qu'elle s'en moquait. Un jour, elle n'a eu aucun scrupule à recopier un de mes anciens exposés sans même prendre la peine d'en modifier ne serait-ce qu'une virgule. Le pire, c'est qu'elle a obtenu une meilleure note que moi !

Mes parents ont soutenu Debbie sans sourciller. Ils ont même sacrifié plusieurs sorties en mer pour l'accompagner à la piscine, de manière à ce qu'elle ne rate pas une seule séance. Une abnégation dont ils n'ont pas fait preuve me concernant alors que j'en avais pourtant émis la demande. Mon père et ma mère avaient été clairs : si je voulais nager le samedi, à moi de trouver une solution ! Je me suis donc débrouillée seule en me faisant héberger jusqu'au dimanche pendant que mes parents étaient en mer. A 15 ans, lorsque j'ai décidé de travailler mon endurance avec le groupe de vitesse, ils m'indiquèrent de la même manière qu'ils n'étaient pas disposés à se lever à l'aube pour m'accompagner. Là encore, je me suis imposée seule cette charge de travail et les horaires qui vont avec. Naomi qui venait d'obtenir son permis de conduire me récupérait chaque matin à 5 h 15 précises. Elle m'avait prévenue : « Si tu n'es pas devant ta porte quand j'arrive, je pars sans toi. Il n'est pas question que je t'attende. » Autre époque, autre attitude : si j'insiste sur la différence de traitement dont Debbie et moi avons profité, ce n'est pas pour blâmer mes parents le moins de monde, mais pour expliquer qu'au contraire ces contraintes accumulées ont peut-être ajouté encore à ma détermination.

Je me suis toujours sentie en phase avec « Nome ». C'est une fille sans détour. Son humour décape et sa repartie est cinglante. Elle avait surnommé ma sœur « Smell » parce qu'elle trouvait qu'elle traînait toujours derrière elle une odeur de chlore persistante, bien plus que nous, qui pourtant passions aussi un temps infini dans les bassins. Debbie ne l'a jamais mal pris. Ma mère, en revanche, n'appréciait pas franchement... Je crois que ce que Nome avait surtout senti, c'est que Debbie, contrairement à nous, n'était pas toujours très à l'aise en mer : elle n'aimait pas les conditions extrêmes. Je me souviens que, lorsqu'elle était petite, il lui arrivait même de pleurer au moment précis où moi-même je prenais du plaisir.

Je reconnais n'avoir pas toujours été très gentille avec Debbie. Je crois que cela tient du fait que j'ai été enfant unique durant sept ans et que sa naissance a quelque peu perturbé mes habitudes. Mes parents disent que j'ai été particulièrement pénible durant les premiers mois qui ont suivi sa venue au monde. Je me suis détendue lorsque j'ai pu commencer à m'en occuper. C'était génial : j'avais l'impression de jouer avec une poupée en chair et en os ! Même avançant en âge, je suis restée très proche d'elle et ce malgré nos différences. Je sais qu'il arrive à ma mère et mon père de se demander ce qu'ils ont bien pu faire pour avoir des enfants aussi singulières. Si elle a arrêté la natation, ma petite sœur a gardé son esprit de « winneuse ». Dans son travail, elle fonctionne encore en termes d'« objectifs à atteindre » et de « résultats à accumuler ». Elle est chasseur de têtes. Debbie est un peu comme la « *material girl* » chantée par Madonna : une femme qui aime les choses chères, et apprécie le bateau uniquement par beau temps et mer plate. Quant à moi... Une navigatrice sortie de l'université de Cambridge avec un diplôme d'ingénieur, ce n'est quand même pas banal !

Chapitre 4

La boss des maths

Je considère, perplexe, deux créatures dorées au-dessus de l'imposant porche en bois du collège St. John : une antilope avec une tête de chèvre pourvue de deux longues cornes et une queue d'éléphant. « Cet animal mythologique noir et aussi grand qu'un cheval combat en faisant pivoter ses cornes, m'explique William. Les deux que tu vois là soutiennent les armoiries de Lady Margaret Beaufort, la fondatrice du collège, accessoirement la mère de Henri VII d'Angleterre, mais ça, tu le savais déjà. Dans la niche, au-dessus, tu peux voir la statue de saint Jean, avec, à ses pieds, un aigle. Le calice et le serpent que tient le saint évoquent le miracle qu'il accomplit lorsqu'il but d'un trait le contenu d'une coupe de poison. »

Nous sommes en mai 1991. Avec les mots qu'il faut, William me conte la légende de St. John. Ce garçon, bâti comme un décathlonien, beau comme un ange, connaît le collège, son histoire, ses secrets, comme la poche de son premier blazer. Il joue dans l'équipe de rugby du collège : les Red Boys. Nous nous sommes croisés par hasard. Je suis arrivée le matin même à Cambridge avec d'autres élèves de mon école et quelques professeurs pour une visite en bonne et due forme, mais je ne me féliciterai jamais assez d'avoir échappé au groupe pour suivre cette parfaite visite privée.

A l'heure du choix de mon cursus universitaire, mon instinct et mes envies me commandent plutôt de rejoindre Southampton pour y suivre des études d'architecture navale. A Cambridge, non seulement je ne pourrai pas emprunter cette voie, mais, dilemme plus cruel encore, je devrai certainement renoncer à naviguer : il faut au moins deux heures de route pour rejoindre le premier port ! Je soupçonne la directrice du lycée de pousser les éléments les plus brillants à intégrer une université prestigieuse pour des raisons bassement statistiques. Autour de moi, c'est la grande conspiration : mes professeurs aussi bien que mes parents cherchent à me convaincre. Mais plus j'entends dire « Cambridge, c'est mieux », plus j'ai envie de rétorquer : « Cambridge, c'est nul ! »

Sans être une agitatrice, j'entends m'élever contre la dictature de la pensée unique. Je ne vois pas pourquoi je devrais intégrer une université que je n'ai pas choisie sous prétexte qu'elle est l'une des plus réputées du monde. Mes parents ne m'ont jamais rien imposé. Mon père, qui a lui-même fait ses études d'ingénieur à Cambridge, me demande néanmoins de bien réfléchir à mon avenir : un diplôme obtenu ici m'ouvrirait sans doute énormément de portes. Son point de vue est sensé. La visite organisée par mon école est une concession que je lui offre bien volontiers. Il m'a tellement chanté les belles années qu'il a passées dans ce cadre incroyable !

A peine arrivée je ne pensais qu'à repartir. D'autant que je me suis retrouvée sous la coupe d'une ancienne élève aussi sinistre que Mercredi Addams ; le genre de nana qui sent la naphtaline. Impossible de la supporter plus longtemps. D'où mon écart et ma fuite. Et la découverte de mon guide improvisé. Merci William ! Féru d'histoire, mais assez intelligent pour me faire comprendre les autres atouts de Cambridge : l'ambiance festive, les animations, les activités sportives et culturelles, les *garden-parties*, les soirées étudiantes... Visiblement, il adore son collège. Je ne sais pas si son enthousiasme est communicatif, mais je commence à l'apprécier moi aussi. L'endroit est unique, avec son architecture gothique, sa chapelle, inspirée de la Sainte-Chapelle de Paris, ses cours pavées, son pont des soupirs – ainsi baptisé car il est couvert et en pierre comme celui de Venise – surplombant la rivière.

Partout de larges allées bordées de tilleuls, des jardins de roses blanches, de vastes pelouses à peine moins bien entretenues que des greens de golf. Dans la bibliothèque, qui est accessible 24 heures sur 24 et 7 jours sur 7, se trouvent deux salles informatiques suréquipées. Et toutes les chambres sont dotées d'une connexion Internet ce qui, à l'époque, était la marque d'un modernisme échevelé. Je suis impressionnée par les installations sportives : des terrains de football, de rugby ou encore de cricket, des cours de tennis et de squash, un gymnase, une piscine... William m'explique que seul le club d'aviron se trouve à l'extérieur du campus. Le site dispose de toutes les commodités : une blanchisserie, un cinéma, des restaurants, et même un bar. Force m'est de constater que la vie ici est moins horrible que mes cauchemars ne le laissaient entendre. En fin de journée, je retrouve au pied du bus de mon école mon chaperon, très inquiète de ma disparition. Mon sourire trahit la belle rencontre que je viens de faire. Je suis complètement tombée sous le charme de cette institution. C'est décidé : j'irai à Cambridge, à condition que je sois admise en génie mécanique à St. John, l'un des collèges les plus durs à intégrer. Ma directrice a cherché, en vain, à me décourager ; sans doute s'inquiétait-elle une fois de plus pour ses statistiques… Bien sûr Emma est de la partie. A la Portsmouth High School, nous étions les deux seules élèves inscrites en « Further Maths », une classe préparatoire comparable à Math sup et Math spé où nous nous retrouvions souvent dans une salle vide avec l'enseignante assise entre nous deux. Autant dire que les cours étaient intenses !

Ce n'est pas évident, à l'âge où vous décidez de poursuivre ou non vos études, de penser à l'avenir, d'autant que la voile était devenue pour moi une passion dévorante, une véritable drogue. Le choix n'a pas été simple, mais j'ai pris le parti de me sevrer durant quatre ans. L'idée n'était pas de tourner la page, mais d'obéir à une nouvelle priorité. Cambridge serait mon sésame. Mon admission m'a permis de décrocher un stage d'un an dans le cabinet d'études d'un architecte naval. Avant d'entrer à l'université, la plupart des jeunes Britanniques prennent une année sabbatique, généralement pour parcourir le monde avec un sac à dos. Moi je vais, au contraire, m'enfermer dans un bureau d'études de Lymington, dans le Hampshire, à une heure trente de train de chez moi. Neuf mois à cogiter en compagnie de Rob Humphreys, un gars adorable, avec une courte barbe et de fines lunettes à la Steven Spielberg. En contrepartie de mes efforts – programmation de logiciels, calculs divers –, il me verse un petit salaire ; juste de quoi louer une chambre dans le bourg. Moi qui, jusque-là, ai toujours habité chez mes parents, je découvre les joies de l'indépendance.

Je n'ai plus besoin de méditer sur mon avenir. Il est tout tracé : je serai architecte naval ou ingénieur maritime. Et je partirai autour du monde. Pas pour faire partie d'un de ces équipages de marins-mercenaires, mais pour goûter un peu à l'aventure. Je ne suis pas une rêveuse. J'aime les choses concrètes. C'est ce qui m'a toujours plu dans les mathématiques : c'est une activité tangible et précise ; du moins tant que vous vous contentez de « réfléchir » en deux dimensions. Au-delà, vous basculez dans l'abstrait, dans un monde où je me sens beaucoup moins à l'aise. Aux limites de la science et de l'art. Un no man's land, à mes yeux, quasi désespérant. Encore un peu et je douterais de mes engagements. Les grandes problématiques m'intriguent mais, en même temps, me frustrent. Je considère qu'il ne vaut pas la peine de chercher à comprendre une question, du moment que la réponse qu'elle induit n'existe pas. Ce qui m'intéresse dans un problème, c'est la solution. Je n'aime pas les équations impénétrables. Je veux un résultat net et définitif. Ne pas me perdre en considérations inutiles, en dérives accessoires, en apartés infinis.

J'en étais à ce stade de mes réflexions quand je me suis retrouvée, pour la première fois, dans un amphithéâtre bondé de Cambridge. Je parcours les gradins du regard : des mecs, des mecs et des mecs... Dire que j'ai passé toute ma scolarité dans une école de filles, je suis morte de rire. Je considère avec empathie l'enseignante, isolée sur son estrade. Au bout d'une semaine, les premiers avions en papier traversent la salle. Dans un cénacle d'élèves ingénieurs, c'est un appel à concours, une invitation à la création. Le défi consistant à réaliser, bien évidemment, l'avion qui volera le plus loin ou le plus longtemps. Durant toute l'année, j'ai eu l'impression de suivre les cours depuis une tour de contrôle et de regarder des avions virtuels, parfois très sophistiqués, se croiser aux quatre coins de l'hémicycle. Il m'est même arrivé de voir passer des avions de chasse !

Mon père avait raison : impossible de s'ennuyer à Cambridge. Comme à l'ensemble des nouveaux arrivants, je me suis vu attribuer une vaste chambre individuelle dans un bâtiment moderne, à proximité de toutes les commodités, notamment la salle de musculation et la salle de dessin pour les architectes et les ingénieurs. Nous sommes sept ou huit par étage et nous partageons une cuisine et une salle de bains. La répartition est faite de manière à réunir des premières années qui ont beaucoup de choses en commun. Des sensibilités différentes, mais un même état d'esprit. A part une erreur de casting, je me suis retrouvée avec des nanas géniales. Toute en boucles, un piercing dans le nez, Rachel est en école vétérinaire. Elle adore les animaux, monte à cheval, joue de la trompette, c'est une forcenée des abdo-fessiers. Nous la charrions souvent parce qu'elle est aussi à fond dans la religion – pas de sexe avant le mariage ! – et qu'elle est encore plus crédule que moi. Sally, une grande rousse, solide, avec les cheveux coupés courts, joue dans l'équipe de football féminine. Elle va de l'avant : je crois pouvoir dire qu'elle m'a fait rencontrer presque toutes les personnes à connaître sur le campus.

D'ailleurs, c'est elle qui nous a présenté Daisy, la quatrième de la bande, qui est comme elle en histoire de l'art. Daisy veut devenir actrice et a déjà tout d'une star : elle est d'une grande beauté, blonde, avec un petit nez retroussé, de très jolies formes ; c'est une comédienne née. Avec elle, la vie est un spectacle.

Les réfectoires se trouvent dans la partie la plus ancienne de St. John. Sur l'autre rive. Au moins une fois par semaine, un dîner habillé est servi dans une salle à manger richement décorée de portraits dédiés aux plus illustres anciens du collège : il convient de s'habiller de noir, de répondre au coup de gong pour se lever et de réciter la bénédiction en latin. A tout prendre, je préfère le self, le Buttery – le « beurré » en français –, où l'ambiance est plus détendue et le personnel moins engoncé. Face à l'entrée principale du collège, se trouve, au fond de la cour, sous les arcades, une salle où nous venons, plusieurs fois par jour, relever notre courrier. Un matin j'ai eu la surprise de trouver dans le mien une invitation à... servir un dîner pour le compte d'une société secrète ! Une confrérie, exclusivement masculine, chargée une fois par an d'organiser une soirée très privée et de sélectionner deux filles de première année pour préparer le repas. Daisy me regarde, interloquée : elle vient de tirer une enveloppe identique de son casier.

C'est le grand soir. Nous traversons le pont des soupirs pour rejoindre la partie la plus ancienne de St. John, filons sous les arcades, emmitouflées dans la pénombre. J'ajuste mon chemisier blanc et tire sur ma jupe noire – tenue de serveuse obligée – pendant que Daisy frappe à la porte de la chambre.

Nous pénétrons dans un appartement de troisième année. Je suis impressionnée par la hauteur sous plafond et un peu intimidée. Les douze étudiants présents dans le salon rivalisent de politesse : ils nous débarrassent, nous proposent du vin rouge. La préparation du repas n'a pas encore commencé que nous ne sommes plus en état de l'assurer ! Les préliminaires virent à la bataille rangée. Les spaghettis volent à tout-va. Les murs sont repeints de bolognaise ! D'un point de vue purement gastronomique, ce repas est un « plantage » complet. Plus tard, nous apprendrons que le principal occupant de la chambre fut consigné en fin de semestre pour lessiver et repeindre suite aux dégâts du supposé dîner d'apparat. Pas certain qu'il finisse au service de Sa Majesté…

Cambridge regorge de rumeurs sur ces sociétés secrètes. D'histoires extraordinaires qui vous font basculer dans un monde clandestin où les prix Nobel – neuf sont passés par St. John – côtoient les espions du MI6 – les services secrets anglais – à la solde de telle ou telle puissance étrangère. Depuis le scandale des « cinq de Cambridge » qui, en 1979, impliqua plusieurs anciens élèves recrutés par les Soviétiques, les rumeurs vont bon train. Régulièrement, nous imaginons que de futurs James Bond ou Fiona Volpe nous côtoient. St. John accueille plus de quarante clubs et associations étudiantes différentes. Des groupes extrêmement sérieux et d'autres carrément loufoques comme les « pousseurs de vaches », qui se rendent la nuit dans les prés tout autour de Cambridge pour tenter de faire tomber les ruminants pendant leur sommeil. D'autres cénacles moins absurdes existent : des groupes de discussions, des ateliers de musique, des clubs littéraires, des associations sportives.

Je me suis ainsi retrouvée un jour au Margaret Boat Club. Les étudiants pouvaient venir faire un essai à l'occasion d'une journée portes ouvertes. Je n'avais jamais fait d'aviron. Mais cela reste un bateau et j'avais bien envie de naviguer sur la rivière. J'ai tout de suite accroché. Je me suis même sentie très à l'aise. Je pense que la natation synchronisée m'a donné de bonnes bases : le moindre muscle est sollicité, vous apprenez à contrôler votre respiration, vous développez votre sens du rythme. Les entraîneurs ne s'y sont pas trompés : « Tu as un bon style, il faut absolument que tu continues. » Depuis, chaque matin avant les cours, je vais m'entraîner deux heures au « Maggie », de l'autre côté de la ville. A la fin de la séance, je n'ai pas le temps de prendre une douche, ni de me changer. Je repars en sweat à capuche et bas de survêtement, saute sur mon vélo pour arriver en catastrophe à l'amphithéâtre.

J'ai vite progressé et mon niveau est vraiment bon. Je rame dans le bateau roi de l'aviron, le plus long, le plus rapide, le plus spectaculaire : le 8 de pointe. Jon, le barreur, un grand gars tout en longueur, est avec moi en école d'ingénieur. L'ambiance est géniale. Je me lie très vite avec Gemma, une grande brune très athlétique, encore plus timide que moi, Emily, la « garçonne » de l'équipe, elle aussi très sportive, et Rachel, qui déborde d'enthousiasme, toujours partante pour faire la bringue. Je ne suis pas en reste. Je crois que c'est aussi cela l'expérience de la vie : trouver ses propres limites, à commencer par le taux d'alcoolémie à ne pas dépasser.

Cambridge est une université exigeante mais elle concède pas mal de libertés à ses étudiants.

Combien de fois mon petit ami Trevor est venu frapper à ma porte, au milieu de la nuit, complètement soûl, dans le plus simple appareil ? Il passait le reste de la nuit dans ma chambre et repartait le lendemain matin dans son collège avec des fringues à moi sur le dos. Il a quand même fini par se faire interdire l'entrée de St. John, ce qui ne l'a pas empêché de continuer à venir me retrouver. Pour tromper la vigilance des « porters », les portiers, il s'affublait d'une fausse moustache. De mon point de vue, ceux-ci n'étaient pas dupes. Malgré leurs costumes traditionnels et leurs lampes de poche, ils étaient, au contraire, souvent de connivence.

En dernière année, pour ajouter encore à notre autonomie, nous avons emménagé – Sally, Rachel, mon pote Jon et moi – dans une des maisons victoriennes réservées aux étudiants en fin de cursus. J'ai déjà appris tellement de choses en génie mécanique : les structures, le béton, la mécanique des fluides. J'ai fait du dessin et de la conception assistée par ordinateur, de l'architecture, des mathématiques évidemment, mais aussi un peu d'électronique et d'informatique. Nous avons même construit un pont en acier et j'ai, personnellement, réalisé une étude sur les réacteurs du Boeing 777.

Mon Master en génie mécanique est assorti d'une note de 2.1 : exactement le résultat que j'espérais. L'équivalent d'une mention « Très Bien » en France. Les quelques étudiants qui me précèdent sont considérés comme des génies et donc des personnalités hors norme. Un avantage en termes de carrière, mais un handicap pour qui souhaite mener une vie sociale « normale ». Mon père estime que je suis encore meilleur ingénieur que lui, sans doute parce que j'ai obtenu une mention supérieure. Ce qu'il oublie de préciser, c'est que lorsqu'il est entré à Cambridge, il n'avait que 16 ans !

Pour décrocher cette mention, j'ai bossé comme une tarée. Au cours de mes deux premières années, j'ai navigué un minimum : seulement lorsque les cours se terminaient le jeudi matin pour reprendre le lundi suivant. Un jour, une fille que je connaissais m'a avoué avoir parlé de moi à Tracy Edwards en quête d'un équipage féminin pour tenter de décrocher le trophée Jules Verne, le record du tour du monde à la voile. Vous ne pouvez imaginer l'effet que me fit cette proposition. Tracy Edwards ! Quelqu'un soufflant à l'oreille d'un jeune navigateur français « Tabarly » n'aurait pas récolté plus grand ahurissement. Pas une petite Anglaise qui, à cette époque, ignore les faits de gloire de « la grande capitaine » ! Et tout autant ses débuts mouvementés dans l'existence. La mort de son père alors qu'elle n'avait que dix ans, son enfance tumultueuse, ses frasques à l'école, ses vagabondages et ses découvertes. Voilà une fille qui, naturellement, forçait l'admiration. Dans un monde hostile et défavorable, elle avait trouvé sa voie. A 29 ans, elle jouissait d'une belle notoriété et avait rejoint, depuis un certain temps déjà, le cercle étroit des femmes qui comptent en Grande-Bretagne. Si elle était parvenue au sommet, pourquoi pas moi ? Tracy avait du caractère, de la repartie, du chien, tout ce qui pouvait impressionner – à juste titre – une fraîche diplômée comme moi. Son fait de gloire ? Avoir mené un équipage entièrement féminin autour du monde dans le cadre de la célèbre Whitbread, en ces temps, la course la plus célèbre du monde. Avec un évident succès, qui plus est, puisque son *Maiden* décrocha deux victoires d'étape et une deuxième place dans sa classe. Je l'avais approchée quelques années plus tôt et avais même partagé brièvement son bord à l'occasion d'une navigation sans conséquence. L'expérience fut enrichissante. Mais je n'étais pas la seule à profiter de la leçon. Rien n'indiquait en définitive que nous serions un jour appelées à nous revoir et, plus encore, à travailler ensemble. Son numéro de téléphone griffonné sur un bout de papier je l'ai gardé auprès de moi, mais je n'ai pas osé l'utiliser dans l'immédiat. Question d'appréhension sans doute, de timidité sûrement. Par je ne sais plus quel canal ou intermédiaire, c'est elle finalement qui prit les devants au tout début du mois de mai.

« Salut Sam. Dis-moi, nous avons des soucis, il nous manque une équipière. Ils se finissent quand tes examens ?

— Je suis libre à partir du 16 mai.

— OK, tu prends l'avion le 16 pour New York. On s'occupe de ton billet. Nous avons un équipement pour toi. Pas la peine de te charger : nous n'attendons plus que toi pour partir sur le record de l'Atlantique. »

Il me semble que j'étais encore bouche bée au moment de raccrocher. Comme en état d'apesanteur.

C'est la fin de l'année. Nous avons passé nos examens et sommes dans l'attente de nos résultats. Reste à satisfaire deux formalités : les « Bumps races » et le « Bal de fin d'année ». Qui n'a pas entendu parler des courses d'aviron de Cambridge et d'Oxford ? Il existe plein d'épreuves similaires ou parallèles. Chacune revêt sa spécificité. Mais après tous les entraînements auxquels je me suis astreinte, peu m'importe la compétition, ce que je veux c'est participer à la fête. Idem pour le Bal. Le must des « parties » de fin d'année. Smokings et robes de soirée sont de rigueur. Les tickets grimpent à 100 livres (120 euros) par couple. Beaucoup d'étudiants d'autres collèges essaient de s'incruster en escaladant les murs de l'enceinte ou en se faisant passer pour des journalistes. Les plus courageux descendent la rivière à la nage, leurs fringues dans un sac plastique tenu hors de l'eau. Les agapes s'éternisent jusqu'à l'aube. J'en suis. Mais prévoyante, j'ai déjà rangé tous mes cartons dans ma voiture. Cambridge n'est déjà plus qu'un souvenir. C'est le large qui m'appelle.

Chapitre 5

Oh, les filles !

Le ciel s'est refermé sur nous. Juste avant que la mer ne se creuse, gueule grande ouverte. Je n'avais encore jamais vu des vagues aussi monstrueuses. L'impression de naviguer entre les murs d'eau d'une ville qui s'écroule. Le bateau roule sur les flancs. J'ai peur que *Royal & Sun Alliance* ne chavire, peur qu'il se brise entre les mâchoires puissantes que découvre l'océan. Le vent hurle. Il fuse à près de 120 kilomètres-heure. Nous avons fait tomber toutes les voiles. Au travers des embruns, je distingue les autres filles, encapuchonnées dans leurs combinaisons de survie jaunes, arrimées aux filières grâce à leur harnais de sécurité. Notre équipage est en sursis. Comme au volant d'un camion sur une route de montagne, en pleine nuit, sous l'orage, sans freins, sans phares ni essuie-glaces.

18 mars 1998. Voilà quarante-trois jours que nous sommes parties à l'assaut du Trophée

Jules Verne autour du monde pour battre le record – 71 jours, 14 heures, 22 minutes et 8 secondes – détenu par l'équipage d'Olivier de Kersauson, sur *Sport Elec*. Un exercice bien particulier qui n'a rien à voir avec une course classique. Ce sont les Français qui ont lancé cette idée folle au début des années 90 en référence à leur grand écrivain visionnaire et son fameux *Tour du monde en quatre-vingts jours*. Un bateau à voile serait-il jamais capable de faire mieux ? Dès la première tentative, Bruno Peyron a renversé le mythe. Depuis, chaque hiver ou presque, de gros catamarans ou trimarans – deux ou trois coques – se lancent en un sprint échevelé autour de la planète.

J'ai le privilège de faire partie des dix recrues de Tracy Edwards, la première femme à avoir mené, en 1990, un équipage féminin autour du globe. J'avais 15 ans, et Tracy était mon idole. Je n'en reviens toujours pas d'avoir embarqué à son bord, sept ans plus tard. Je suis l'une des deux plus jeunes recrues de l'équipage avec Emma Richards (rien à voir avec Emma, mon amie d'enfance qui m'a accompagnée jusqu'à Cambridge), ma quasi-jumelle, si proche de moi, si semblable que l'on nous confond sans cesse.

Oh, les filles !

Mon chef de quart, la Finlandaise Mikaela von Koskull, était avec Tracy sur la Whitbread à bord de *Maiden*. C'est une sacrée nana, formée à la dure école de la marine marchande, grande, avec de longs cheveux blonds et une voix qui porte. J'ai encore dans les oreilles son rire tonitruant lorsque je lui ai rapporté que son autographe figurait en bonne place sur la page de garde de mon exemplaire du livre de Tracy. Annoncée dans mon école, la skipper en chef avait décliné à la dernière minute et c'est Mikaela qui l'avait remplacée au pied levé !

A 33 ans, notre Finlandaise préférée a tellement de milles au compteur qu'elle a déjà des problèmes de dos. Depuis que nous sommes dans les mers du Sud, le froid la fait énormément souffrir, et elle est souvent grognon lorsqu'elle monte prendre son quart. Je suis timide et je n'ose trop rien dire mais l'autre jour, alors qu'elle râlait encore plus que d'habitude, je lui ai fait remarquer qu'elle avait un renflement dans le dos : en fait, elle avait réussi à enfiler sa combinaison sèche avec le cintre ! Je ne vous raconte pas la séance de gymnastique pour récupérer le bout de ferraille malgré les mouvements furieux du bateau et une fermeture Éclair récalcitrante... Les situations inextricables, c'est mon credo. C'est à moi que revient la périlleuse mission – souvent confiée aux plus jeunes et aux plus légers – de monter dans le mât. Comme le nôtre est relativement complexe et nécessite de nombreuses vérifications, je multiplie les exercices de voltige, dans mon baudrier, à trente-trois mètres de hauteur, une altitude comparable au sommet de l'obélisque de la place de la Concorde à Paris. Dès que c'est nécessaire, je grimpe pour contrôler toutes les pièces ainsi que les drisses – les cordages servant à hisser les voiles –, soucieuse de changer celles qui montrent des signes d'usure et de m'assurer qu'aucune ne menace de se briser.

Ces fameuses drisses nous causent de plus en plus de soucis. Faute de mieux, nous fixons les voiles en tête de mât avec une corde. C'est imparable mais handicapant. Pour les monter et les descendre nous n'avons d'autre alternative que de remonter dans les airs pour défaire le nœud ou sectionner l'amarre. La corvée qui bien évidemment me revient tourne à la rengaine. « Sam, je sais que ce n'est pas ton quart, mais un gros grain arrive et il faut enlever de la toile. » Pour ajouter à la galère, il fait nuit. Va pour une ascension supplémentaire à la lueur de ma lampe frontale ! Le nœud ne résiste pas trop, mais je ne suis pas libérée pour autant.

Ce n'est qu'au terme de la manœuvre que je suis autorisée à redescendre.

Un détour plein nord nous permet d'échapper momentanément à la tempête. Le vent commence à faiblir mais la mer demeure croisée et inconfortable. Notre cap n'est pas idéal. Il faudra batailler dur pour retrouver le chemin des dépressions – nettement plus favorable – en direction du cap Horn. Notre progression est poussive. Mais nos voiles sont à nouveau de sortie. En montant dans ma bannette, je me dis que demain, je pourrai sans doute faire un check-up complet du mât. Il est fortement déconseillé de s'y attarder lorsque le vent est violent. Un moment d'inattention et vous vous retrouvez comme un pantin au bout d'une corde invité à se cogner encore et encore jusqu'à se briser les os. J'occupe la couchette du haut, côté cuisine. Une cloison protège tant bien que mal le dortoir du reste du bateau et des paquets de mer qui, invariablement, s'insinuent. Quelques marches séparent l'espace de vie du pont, et une série de patères accueillent nos cirés détrempés dès le bas de la descente. Chaque bannette dispose d'un système *ad hoc* fait de lanières et de filets qui évite que nous soyons éjectées pendant notre sommeil. Malgré cette précaution, il m'est arrivé, plusieurs fois, de voler, engoncée dans mon duvet, jusque dans la cuisine ! Au moment de relever la tête, je croise généralement le regard taquin d'une des nanas, descendue manger, considérant avec amusement ce drôle d'asticot tombé du ciel pendant son repas...

Royal & Sun Alliance est un bateau violent. Un jour, j'ai failli me faire embrocher par une latte de grand-voile soudain transformée en flèche au gré d'une embardée particulièrement puissante. Je m'en suis sortie avec une manche de ciré trouée, mais il a fallu découper mon vêtement au couteau pour me libérer ! Notre voilier a surtout tendance à piquer du nez dans la vague. Sur le pont, l'alerte est vite donnée. Il suffit qu'une fille de l'avant sente le danger pour que toutes les autres se rangent à sa mise en garde. Mais à l'intérieur c'est une autre histoire. Pas plus tard que ce matin, Emma Westmacott s'est brûlée. Incapable d'anticiper l'arrêt brutal du bateau, elle s'est aspergée avec l'eau brûlante de ses pâtes. Cette belle plante, longiligne et très sportive, est aussi mon chef de quart. Très costaude en planche à voile et en course à pied, elle est l'une des filles les plus expérimentées du bord. Malheureusement, volontiers manichéenne, elle n'admet guère que l'on puisse penser autrement qu'elle et trouve frustrant de naviguer avec des jeunes trop inexpérimentées à son goût.

J'ai à peine fermé l'œil que je me retrouve une fois de plus à voler dans les airs. Me revoilà étendue sur le sol de la cuisine ! Cela m'arrive tellement souvent que je retourne machinalement me coucher et me rendors immédiatement. Emporté par une lame de fond, notre catamaran n'a pas dit son dernier mot. Le voilà sur une coque se précipitant dans un nouveau mur d'eau avec la conviction d'une voiture lancée contre un platane. La fille à la barre est désemparée et le bateau hors contrôle. Le choc est tellurique. Il s'en est fallu d'un rien que nous soyons passées cul par-dessus tête.

Toujours dans ma bannette, je réagis à contre-temps. Désormais c'est le silence qui m'inquiète. Le bateau n'émet plus aucun bruit comme s'il avait cessé de respirer. « Merde, c'est le mât », pense à voix haute la copine installée dans la couchette du dessous. De fait, le mât hurle de douleur pendant d'interminables minutes, avant de s'écrouler pour de bon. Les parois du voilier tremblent et répercutent l'onde de bruit à grand renfort de décibels. Le pont souffre sous l'impact. « Ne sortez pas ! Surtout ne sortez pas ! », hurlent dans l'interphone les filles qui se trouvent dans le cockpit.

Jouet des mouvements du bateau, le mât s'agite à la manière d'une batte de base-ball géante au-dessus de la trappe de sortie. Une tête dehors et c'est la décapitation assurée.

La situation n'est pas confortable. Je suis prisonnière dans le ventre du voilier, sans information sur ce qui se passe au-dessus de ma tête, privée de toute réaction ou initiative. La patience est mon seul remède. Tout en sachant que si la coque cède, *Royal & Sun Alliance* sombrera dans la seconde. Et nous avec ! En même temps que j'enfile ma combinaison de survie, j'imagine les filles d'« en haut » en train de maîtriser le mât qui se casse en plusieurs morceaux. Je n'ai qu'une trouille : que l'un d'eux crève la coque ! Une éternité encore et je sors enfin de ma cachette par la trappe arrière. La situation est enfin sécurisée. Nous émergeons dans la nuit noire. Et calculons que nous nous trouvons à un peu plus de 3 700 kilomètres des côtes chiliennes. Autant dire abandonnées au milieu de nulle part.

L'équipage s'est rassemblé autour de Tracy. Il s'agit d'évaluer la situation et de déterminer de quelle manière nous allons pouvoir nous en sortir. Un bateau blessé est un bateau dangereux. Une liste des priorités est dressée. Dans l'idéal nous aimerions récupérer un maximum de choses. Mais il faut bien se rendre à l'évidence : pour ramener l'ensemble des dégâts au centre du bateau, il nous faudrait une grue. Certains éléments pèsent plus que de raison. D'autres traînent dans l'eau coincés sous la coque. Les mouvements sont intempestifs, les risques multiples. Si l'une d'entre nous tombait à l'eau, ce serait une catastrophe : avant de nous élancer sur la route du record, nous avons retiré le moteur du bateau pour ne pas nous alourdir !

Pas le choix : une partie du mât est abandonnée à l'océan. Les parties en inox sont sauvées à grands coups de scie à métaux. Lorsque vient le moment de couper le dernier morceau retenant la partie nécrosée, nous nous assurons que rien n'a été oublié et que personne ne risque de se retrouver le pied pris dans un cordage, car ce que nous allons larguer va partir par le fond en quelques secondes seulement. « Dégagez ! » Nous sommes trois à proximité. Les autres se tiennent à distance. Lorsque je m'écarte, c'est toute une année de travail et tous nos espoirs que je vois passer par le fond. L'espace d'une seconde, je me sens vidée de tout sentiment.

Un gréement de fortune est hissé tant bien que mal après huit heures de boulot supplémentaire. Pendant que nous étions en train de sauver nos peaux, personne n'a eu le cœur d'évoquer notre tentative de record. Mais, maintenant que nous sommes reparties, le désœuvrement nous gagne. Nous naviguons sans but à bord d'un bateau fantôme. J'étais tellement persuadée que nous irions au bout de ce tour du monde que jamais je n'ai envisagé d'y renoncer en cours de route. Le choc est énorme. A peine moins traumatisant que celui du mât sur notre pont. Durant les premiers jours, nous dormons comme des mortes. Jusqu'à dix-huit heures par jour ! Au bout d'une semaine, nous sommes si bien reposées que nous n'arrivons plus à fermer un œil. Nous tournons en rond. Déprimées et démobilisées. Et pourtant, il nous reste encore une quinzaine de jours de mer.

Le bricolage et les discussions nous sauvent. La situation n'est pas glorieuse, mais après tout nous n'avons pas tiré notre balise de détresse et nous avons levé notre gréement d'appoint sans l'aide de personne. Mieux, au moment de la catastrophe nous étions aux trois quarts du parcours et dans les temps du record. Preuve que les sarcasmes d'avant départ étaient injustifiés pour ne pas dire insultants. Beaucoup pensaient que ce challenge ne pouvait pas être relevé par des filles. Que nous allions être incapables d'assurer notre cohésion et notre commandement. Du coup, nous retrouvons un peu de lumière dans nos regards. Déjà nous nous mettons à évoquer notre prochaine tentative. Toutes, nous sommes habitées par une furieuse envie de repartir, convaincues que cela se fera dans les deux années à venir. Mais au moment de reprendre l'avion à Santiago, chacune de nous cogite sur ses priorités. En attendant que Tracy retrouve un sponsor, il nous faudra rebondir tant bien que mal. Moi la première.

Chapitre 6

Le gang des sorcières

Je ne suis pas la nouvelle Ellen MacArthur. Les médias cherchent souvent à nous comparer alors que nous avons si peu en commun. Je lui ai donné un coup de main lorsqu'elle a préparé la Route du Rhum en 1998 et j'ai navigué, durant trois ans, dans l'écurie de course au large qu'elle a montée avec Mark Turner. Cela ne fait pas de moi son élève. Lorsque le public a découvert Ellen sur le Vendée Globe en 2000, je m'étais moi-même déjà lancée autour du monde avec Tracy Edwards trois ans plus tôt. Ce n'est pas parce que je n'étais pas connue que je n'existais pas. Ce n'est pas parce que ce que je faisais n'était pas médiatique que ce n'était pas intéressant.

Je n'ai jamais envié Ellen. Au contraire. Je n'aurais pas aimé me retrouver si jeune, en pleine lumière. Elle a réalisé de grandes choses : une deuxième place sur le Vendée, une victoire dans la catégorie Monocoques sur la Route du Rhum, un record du Tour du Monde en solitaire. Mais la pression sur ses épaules était incroyable. Il lui fallait, encore et toujours, se montrer à la hauteur. Je pense que c'est la raison pour laquelle elle a si rapidement mis un terme à sa carrière. Pour ne pas prendre le risque de se trahir. Par crainte de décevoir.

Mon parcours a été très différent. J'ai navigué pas mal d'années sans avoir à me préoccuper de la critique ; contrairement à elle, je n'ai pas été projetée immédiatement sur le devant de la scène ; j'ai eu le temps de faire mes classes, de mûrir, de progresser dans l'anonymat de classes ou de compétitions moins importantes ; elle avait 25 ans lorsqu'elle a disputé le Vendée Globe, j'en avais dix de plus. Je me suis toujours satisfaite d'avoir mené ma barque à ma manière. Un atout et une chance. Peu importent les bêtises et les erreurs. Et, plus encore, le jugement des autres. Lorsque j'ai disputé la Transat Jacques Vabre avec Sidney Gavignet sur *Artemis* en 2009, certains m'ont déconseillé de rejoindre le bord d'un bateau pas suffisamment compétitif. Sans doute ce voilier était-il un peu lourd, mais là n'était pas l'essentiel. Ce qui importait à mes yeux, c'était d'ajouter un épisode à ma préparation pour le

Vendée à venir. Je voulais naviguer sur un monocoque dernière génération pour noircir un peu plus le carnet où je consigne tout ce qui pourrait me servir à la conception du bateau de mes rêves. Je voulais aussi courir avec Sidney, coureur ultracomplet qui évolue au plus haut niveau et qui a parcouru beaucoup plus de milles que moi. De fait, j'ai énormément appris en sa compagnie en termes de réglages. « French sailor » comme l'appellent les Anglais a en permanence le regard fixé sur le speedomètre : il navigue au dixième de nœud près. Même si nous avions terminé en queue de flotte, je n'aurais pas somatisé. En matière de navigation, j'empile les cubes plus que je ne m'excite au coup par coup : j'ai une vision à long terme.

C'est dans le terreau de notre enfance que nous plantons nos rêves. Lorsque j'étais petite, j'allais tous les quatre ans avec mes parents voir le départ de la Whitbread, la mythique course autour du monde en équipage avec escales. Une fête haute en couleur qui, au large de Portsmouth, réunit sur les eaux capricieuses du Solent tout ce qui est à même de flotter dans un périmètre de cent kilomètres à la ronde. Depuis notre propre voilier, nous admirions les monstres surtoilés les plus sophistiqués du moment jusqu'à ce qu'ils disparaissent au plus loin de l'île de Wight. Six mois plus tard, les mêmes, en ordre dispersé, revenaient dans les parages avec leur cortège d'exploits, de malheurs et d'histoires à naviguer en rond. A quai, les visages parcheminés des plus vaillants trahissaient la fatigue, mais aussi la découverte d'aventures sans pareil. Des fortunes de mer à n'en plus finir, des courses-poursuites sans fin et ce je-ne-sais-quoi de mystère qui fait tout le charme des courses hauturières. J'étais fascinée et admirative. Sans doute comme ces petits Français qui, tous les quatre ans aussi, fréquentent les pontons des Sables d'Olonne au départ et à l'arrivée de chaque Vendée Globe. Peu importe le tour du monde, ce qui importe ce sont les désirs et les émotions qu'il transporte.

L'Angleterre a une longue tradition maritime. Francis Chichester – notre Tabarly à nous – a bouclé un premier tour du monde en solitaire dès 1966. Il n'était pas le premier à réaliser cette performance, mais son exploit – il ne fit qu'une seule escale en Australie – fut si spectaculaire que la reine Elisabeth choisit de l'anoblir en grande pompe peu de temps après. Curieusement, cette belle page d'histoire n'a pas converti mes compatriotes au « solitaire ». Au mieux une activité réservée aux vagabonds et aux aventuriers ! Rien à voir avec l'idée que les

Anglais se faisaient – et se font encore – du yachting. C'est en équipage, sur des bateaux d'importance, en quête de performances sans cesse réévaluées que les héritiers de l'amiral Nelson envisagent la course au large.

Jeune, il ne me serait jamais venu à l'esprit de naviguer en solo. A la barre d'un dériveur, à proximité de la côte, sans doute. Mais pas en haute mer. En pareil contexte, l'esprit de corps et d'équipe m'est toujours apparu essentiel. Jamais l'isolement ou l'action individuelle ne m'ont handicapée, mais c'est en groupe que j'ai longtemps connu mes plus belles sensations et satisfactions. La culture anglaise fait grand cas de cette idée. Naviguer, pour nous, c'est d'abord partager. Les moments de plaisir comme les coups durs. Sinon, quel intérêt ? Certes, j'ai franchi le pas. Je suis, au fil des années, devenue une adepte des courses solitaires. Mais mon besoin d'échange n'a pas disparu. Sans doute est-ce pour cette raison que j'accorde autant d'importance au dialogue, à la communication, aux conseils des autres, aux rapports avec mes supporters. Il faut que je parle, il faut que je reçoive.

Lorsque Tracy Edwards – toujours elle – a levé un premier équipage féminin en 1989 pour la Whitbread, j'ai senti comme un déclic. J'avais

15 ans. *Maiden*, son bateau, était souvent très bien placé et faisait beaucoup parler de lui. C'était, comme il est d'usage de dire aujourd'hui, un vrai « succès médiatique ». Ces filles avaient l'air de tellement bien s'entendre et s'amuser ! J'étais intriguée et ne loupais pas une miette de leur navigation. Aucun article, pas le moindre magazine de voile ne m'échappaient. Chaque soir, je me plantais devant la télévision dans l'espoir d'apercevoir mes idoles. Même si j'étais bien en peine de me projeter équipière ou skipper, je considérais les nanas de *Maiden* avec la plus grande admiration. Elles étaient des femmes d'exception alors que je n'étais qu'une fille très ordinaire.

Mes projets ont toujours supplanté mes rêves. Sans doute ai-je manqué par moments d'ambition. A 17 ans, je n'avais pas d'autres prétentions que de participer aux régates du dimanche organisées par le club local. Je traînais sur les pontons de Hayling Island en observant les amateurs sur leurs bateaux de plaisance. Je brûlais de leur demander de me faire une place, même minuscule, à leur bord. Un matin je me suis enhardie. Et j'ai entamé un tour de la marina en lançant à la cantonade : « Si vous cherchez une équipière qui n'a aucune idée de ce qu'elle pourrait faire à bord, n'hésitez pas... » Je préférais prévenir plutôt que décevoir : même au fait de la navigation, je n'avais jamais tenu un poste de responsabilité sur un bateau de course.

Je suis tombée sur une famille formidable : les Mitchell. Liz, la mère, isolée au milieu de Tim, son mari, et de ses fils Gerry et Adrian, était particulièrement ravie. Ensemble, ils m'ont appris le boulot de numéro 1, le rôle le plus ingrat du bord, généralement dévolu au plus jeune et au plus léger. En permanence au rappel, l'équipier d'avant a toujours plus de chance de se faire secouer et mouiller que l'ensemble des autres équipiers. Incrédule, je me suis lancée et obstinée dans ce rôle au fil des courses et des compétitions. Ce n'est que des années plus tard – lorsque je me suis retrouvée à la barre ou dans l'arrière-garde – que je me suis rendu compte qu'il était possible de pratiquer la voile quasiment au sec !

Je pense qu'en Angleterre les filles éprouvent moins de difficultés à trouver des embarquements qu'en France ; elles sont d'ailleurs plus nombreuses. En août 2009, lorsque je me suis vu décerner le « Trophée des femmes », en marge de la Semaine de Cowes – la plus importante et la plus ancienne semaine de régates du monde –, je me suis laissé dire qu'elles représentaient près du tiers des concurrents ! Les riches propriétaires qui chez nous arment davantage de bateaux que les sponsors – c'est l'inverse en France – ne sont sans doute pas étrangers à cette distribution des rôles. Tant mieux. Sans vouloir en rajouter, j'estime, comme beaucoup, que la présence d'une ou plusieurs femmes à bord d'un voilier de course « adoucit » les mœurs. Face à elles, les gars ont des réactions souvent plus pesées, plus choisies, ce qui n'est jamais inutile pour améliorer le rendement d'un équipage.

Dans le monde de la voile, je n'ai jamais vu de filles se tirer la bourre entre elles. Au contraire. Nous sommes très solidaires, sans doute parce que nous sommes en minorité. Lorsque j'ai commencé à participer à des régates du dimanche, j'ai rencontré une fille phénoménale, Hannah Harwood, skipper d'un bateau extra. Elle était très masculine. Le genre costaude, les cheveux courts avec une petite queue de rat dans le cou. Elle ne portait pas de sous-vêtements de fille ni de chaussures. Préférait les boxers de garçon et les pieds nus. Un vrai personnage. Entre nous, il n'était jamais question d'argent. Elle m'emmenait de temps en temps à son bord et m'apprenait les manœuvres.

Changement de cap au bout de quelques mois : elle m'a demandé de faire partie de son équipage de « match race », une forme de régate sophistiquée, plus proche du combat de boxe que de la promenade de santé, disputée entre trois bouées sur deux bateaux identiques. Le jeu consiste à « voler » le vent de son voisin, à toujours s'installer sur le meilleur bord pour profiter, en priorité, de la moindre risée, du plus petit souffle d'air favorable. Avant le départ, déjà, les deux voiliers jouent au chat et à la souris pour anticiper le meilleur côté du plan d'eau. C'est physique ! Les virements sont incessants et les muscles des équipières sollicités en permanence. Sans Hannah, je n'aurais sans doute jamais été repérée, puis recrutée par l'une des plus grandes spécialistes de la discipline, l'Écossaise Shirley Robertson, deux fois bien placée aux Jeux olympiques. Nous n'étions pas défrayées mais nos frais de déplacement étaient remboursés par la Fédération puisque nous faisions partie de la sélection britannique. Nous partions aux quatre coins du monde en stage ou en compétition à trois ou quatre équipages. Il n'était pas question de claquer de l'argent en chambres d'hôtel. Nous logions chez l'habitant. Avec lits doubles obligatoires. Et cette sempiternelle question : « Qui dort avec qui ce soir ? » C'était vraiment les filles en goguette, ambiance « soirée pyjamas ».

Shirley a un peu la bouille de Geri Halliwell, la chanteuse rousse des Spice Girls ; elle est très blonde et a, comme « Ginger Spice », une peau de pain d'épice. Mais derrière sa coupe au carré très sage et son sourire angélique, c'est une compétitrice redoutable, obnubilée par la victoire. Elle ne laisse rien au hasard. Elle veut toujours le meilleur matériel, le meilleur entraîneur, le meilleur équipage. Peu importe le prix. Elle trouvera le budget. Lorsque nous étions en Californie, elle s'était débrouillée pour que l'Américain Ed Baird, star de la Coupe de l'America, huit fois champion du monde de match race, vienne nous donner des conseils. Avec un salaire négocié à la clef – Shirley est la reine du marchandage – mais suffisamment coquet pour que, d'un commun accord, nous baptisions « Million dollar man » – l'homme qui valait un million de dollars – notre capitaine éphémère. Shirley était prête à tous les sacrifices pour se donner une chance de remporter une médaille d'or. Pas moi. Je ne suis pas restée dans l'équipe parce que je savais que je ne pourrais pas me montrer à la hauteur de ses exigences. Manquaient l'imprévu, l'inattendu, l'improvisation. Je crois que je me sentais un peu à l'étroit entre trois bouées. J'avais besoin de goûter le large. Mais je ne remercierai jamais assez Shirley, devenue double championne olympique par la suite. C'est en naviguant avec elle que j'ai pu me faire une petite réputation dans le milieu. Elle a toujours été attentionnée et de bon conseil avec moi. Le mystérieux intermédiaire qui m'avait fait passer le numéro de téléphone de Tracy Edward, l'idole de ma jeunesse, alors que j'étais encore à Cambridge, c'était elle ! Comme un ange gardien, un messager de bonne volonté…

J'avais 22 ans et je me retrouvais, grâce à elle, dans le *crew* de mon icône. L'équipage avait pris ses quartiers dans une maison immense à Hamble, un village de « voileux » situé à deux pas de Southampton, où je connaissais tout le monde. Je partais souvent en vadrouille avec mes copines Emma Richards et Sharon Ferris qui avaient le même âge que moi. Nous avions toujours une bonne excuse pour sortir, un bon plan pour faire la fête, des amis à aller voir. Je n'étais pas pour autant une « party girl », contrairement à ce que Tracy a pu écrire – histoire de me taquiner un peu ? – dans un de ses livres [1]. Il faut dire que la situation était cocasse. Un peu dépassée par les événements,

1. *Living Every Second*, Hodder & Stoughton, 2001.

je n'avais pas trouvé le temps au bout d'une nuit particulièrement rigolarde de me changer. Débuter une journée de navigation en minijupe, forcément ça marque les esprits. A tel point que j'ai traîné une réputation de « fêtarde » pendant des années !

La championne dans ce domaine – et qui revendiquait volontiers ce titre – était Miranda Merron. Une personnalité, une vraie. Elle aussi diplômée de Cambridge, mais en japonais. Miranda parle également très bien, et sans accent, le français. Elle a travaillé dans la publicité à Tokyo, Sydney, Paris, avant de changer ses plans de carrière et de devenir navigatrice. C'est un sacré caractère. Les hommes en ont peur. Je crois que c'est parce qu'elle leur ressemble : elle peut se montrer très directe et ne pas faire de sentiment. C'est un peu sa mésaventure qui a forgé notre légende : celle du *sisterhood*, cette « solidarité féminine » qui a survécu malgré les années. En 2001, Miranda avait une *love affair* avec l'un des équipiers de Bruno Peyron parti à son tour à la poursuite du record du Tour du Monde sur *Orange*. Dès qu'elle a su qu'ils étaient sur le point de rentrer, elle a tout laissé en plan et pris le premier avion pour accueillir son *boyfriend* à Brest. Malheur : cet imbécile l'a larguée sur le quai ! La chose à ne pas faire. Les filles du *sisterhood* s'étaient déjà passé le mot. Quelques mois plus tard, l'imprudent embarque sur *Kingfisher 2*, commandé par Ellen MacArthur et lui, encore lancé à la conquête du Trophée Jules Verne. Emma Westmacott, autre pilier du *sisterhood*, est du voyage et qui plus est responsable de la préparation physique de l'équipage. L'indélicat qui n'était déjà pas un athlète a vite compris sa douleur ! Séances accélérées, charges redoublées, exercices supplémentaires : Emma s'était même débrouillée pour récupérer un double de la clé de sa chambre, de manière à pouvoir le tirer du lit dès 6 h 30 pétantes.

Depuis cet épisode, certains navigateurs nous considèrent un peu comme des sorcières. Celui qui s'aviserait de faire du mal à l'une d'entre nous va au-devant d'irrémédiables souffrances. La reine incontestable du *sisterhood* est l'Australienne Adrienne Cahalan, un format de poche mais super grande gueule. Impossible d'avoir le dernier mot avec elle. Elle est avocate de formation et a décroché un Master de météorologie appliquée il y a quelques années. Lorsque nous nous sommes retrouvées sur *Maiden II*, quatre ans après le démâtage de *Royal & Sun Alliance*, je la rejoignais parfois à la table à cartes pour l'aider à faire ses devoirs de mathématiques. Adrienne a essuyé pas mal de malheurs dans sa vie : elle a perdu son père et son frère en mer et l'une de ses sœurs est décédée du cancer. Sans doute cela a-t-il contribué à forger son exceptionnel caractère.

Ce n'est pas un hasard si elle fut la seule femme dans l'équipage de Steve Fossett, nouveau détenteur du record autour du monde en 2004, et la seule femme sur la Volvo Race, nouvelle appellation de la Whitbread un an plus tard. Adrienne est une amazone des temps modernes. Lorsque nous nous sommes rencontrées, c'était une célibataire endurcie. D'ailleurs, il n'était pas bien vu d'avoir un petit ami lorsque vous faisiez partie du *sisterhood*. Maintenant, Adrienne est mariée et a deux enfants...

Toutes les filles de la bande ont réussi. Je crois que cela prouve encore, si besoin était, la compétence de Tracy Edwards, qui a su dénicher des navigatrices de talent, mais aussi leur fournir pas mal de clefs durant leur travail en commun. Je me dis aussi que ce que nous avons vécu avec elle nous a donné confiance et nous a permis de comprendre que nous étions capables de réaliser des performances hors du commun. Je pense à la Suédoise Helena Darvelid, petite blonde sublime, toujours apprêtée et coiffée, même en mer, comme si elle sortait d'un institut de beauté. Avec son mari, le navigateur australien Paul Larsen, elle a construit, il y a peu, un drôle de bateau, le *Vestas Sailrocket*, un voilier volant qui, comme l'*Hydroptère*, chasse les records de vitesse. Pour le moment, Helena est dans l'équipe technique et pilote réserviste. Mais je ne serais pas étonnée d'apprendre un jour prochain qu'elle est devenue la femme la plus rapide du monde.

Il est amusant de mesurer le chemin parcouru. Pendant que je courais le Vendée Globe, j'ai reçu un mail de Tracy m'expliquant que sa fille était fan de moi et suivait mon parcours. Mackenna est née en 2000, deux ans après notre tour du monde avorté. Dire que je suis un modèle pour la fille de celle qui a été mon idole ! Je trouve l'image formidable : c'est Tracy qui m'a donné envie d'aller plus loin que le golfe du Morbihan, où je partais en croisière avec mes parents. Elle a aussi été la première femme à se voir décerner le titre de Marin de l'année en Angleterre. En janvier 2010, dix ans plus tard, j'ai eu l'honneur de recevoir cette récompense à mon tour. J'étais déjà heureuse d'avoir été nominée. Surtout aux côtés de Paul Goodison, roi du Laser – champion d'Europe, champion du monde, champion olympique –, et Ian Williams, double champion du monde de match race. Cela ne devait pas être facile de nous départager car nous évoluons dans des disciplines très différentes. Mais je n'ai pas boudé mon plaisir. La reconnaissance du public, des médias et de l'ensemble de la profession en Angleterre m'importe. Car même si je passe la plus grande partie de ma vie en France, je suis et demeure anglaise. J'ai d'ailleurs conservé ma maison là-bas. Un point d'ancrage essentiel d'autant que mes parents ont vendu leur pavillon pour vivre à l'année sur leur bateau. Citadine convaincue, ma sœur Debbie a préféré acheter un appartement.

J'ai choisi de quitter mon pays, ma famille, tous mes amis, pour venir m'entraîner dans le Pôle d'excellence de Port-la-Forêt. Je sais que mon itinéraire intrigue certains navigateurs anglais. Je suis la seule à avoir vraiment suivi un parcours « à la française » : de la Mini au Vendée Globe en passant par le Figaro. J'ai suivi ce cursus sans forcer ma nature ni trahir mes origines. Du coup les médias britanniques ont publié pas mal d'articles sur « les sorciers » de Port-la-Forêt et leurs méthodes « diaboliques ». Les Français n'ont pourtant rien à cacher. Ils bossent, ils partagent. Dans un état d'esprit qui me convient bien.

Le monde de la voile anglo-saxonne est très professionnel. Les équipes ressemblent souvent à de grosses écuries de Formule 1. Les équipiers louent leurs services et leurs bras à l'année. On les surnomme les « boatneggers », en référence – le parallèle est osé, je sais – aux esclaves noirs jadis recrutés sans ménagement sur les bateaux transatlantiques, lorsqu'ils n'étaient pas jetés directement à fond de cale. Ils sont interchangeables. Viennent de Scandinavie, de Grande-Bretagne, d'Australie et surtout de Nouvelle-Zélande. Ensemble, ils ont imposé la langue anglaise dans tous les ports. Mais pas seulement cela. Leurs compétences et leur abnégation aussi. Ce sont des bosseurs de haute volée. Durs au mal, sans état d'âme particulier. Trop « formatés » plaident les Français qui ont tendance à se moquer un peu de ces bataillons bodybuildés toujours solidaires jusqu'au plus profond de la nuit. Les « p'tits gars » de Bretagne et d'ailleurs sont souvent « nés dedans ». Ils perpétuent leur savoir-faire comme un rempailleur de chaise ou un remailleur de filet transmet sa culture. OK, les Français sont souvent un peu foutraques ou mal organisés, mais ils pétillent d'idées, de trucs, de petits riens qui font les grandes différences. Au sommet de la pyramide, les skippers anglo-saxons ont souvent de très grosses exigences financières.

Je ne les critique pas. Les résultats dans les épreuves de prestige – Coupe de l'America, Volvo Race – leur sont souvent favorables. Mais, tout bien réfléchi, je préfère le « façonnage » à la française. Je me sens plus en phase avec une approche de marins souvent plus passionnés et plus passionnants. Bien entendu, les projets mal montés et mal gérés abondent. Mais les efforts et les coups de collier ne font jamais défaut. La plupart des Français naviguent avec leurs tripes. Pas pour faire fortune.

Chapitre 7

L'œil du triton

Dans ma Ford Capri noire, je trace en direction de Plymouth, dans le comté de Devon, au sud-ouest de l'Angleterre. Le soleil clignote entre les arbres et l'autoradio crache *Life is a rollercoaster* – la vie est une montagne russe –, le tube à la mode de la popstar irlandaise Ronan Keating. Je monte le volume et chante de plus belle. Demain, j'embarque pour l'inconnu : ma toute première traversée en solitaire. Moi qui n'ai jamais passé une seule nuit en mer, je vais naviguer près de 2 000 kilomètres en solo tout juste interrompus par une courte escale à La Rochelle. J'ai les nerfs en pelote, mais pas le temps de m'appesantir. Je dois coûte que coûte effectuer ce parcours de qualification si je veux espérer participer à la Mini Transat, une transatlantique *old school*, dont le succès, depuis deux ou trois éditions, ne cesse de croître. Un an avant le départ, le nombre d'inscrits

– soixante – dépasse déjà le quota autorisé ! Disputée sur des voiliers modestes – des coquilles de 6,50 mètres de long –, cette course échevelée rassemble des professionnels comme des amateurs, lestés de budgets au mieux raisonnables voire dérisoires. C'est l'épreuve la plus abordable de la course au large. L'aventure à la portée de toutes les caisses de bord.

Résolument *roots*, la Mini renoue avec l'esprit des toutes premières « transats ». Créée en 1977 par un convoyeur anglais, originaire de Plymouth, Bob Salmon, elle est organisée depuis 1985 en France, où son succès n'a cessé d'augmenter. Je n'aurais sans doute jamais envisagé de m'aligner moi aussi au départ de cette épreuve si je n'avais pas croisé Mark Turner, un compatriote, trois ans plus tôt sur le Fastnet, autre course mythique disputée en équipage entre Cowes et Plymouth. Lui-même équipier, Mark cherchait d'autres bras. J'avais 22 ans, pas d'engagement véritable, et hésitais d'un embarquement à l'autre. Mark n'avait que le mot Mini à la bouche, une aventure qu'il s'apprêtait lui-même à vivre en même temps que l'une de ses amies les plus proches : une certaine Ellen MacArthur, qui avait deux ans de moins que moi. Je l'écoutais, intriguée. Je trouvais le défi d'une traversée de l'Atlantique en solitaire, dans un espace de quatre mètres carrés sans toilettes ni salle de bains, complètement dément et terriblement excitant. Je crois que c'est à ce moment-là que je me suis posé une question qui, de fait, m'a menée très loin : « Est-ce que je suis capable de relever un tel défi ? »

L'année suivante, nos liens se sont resserrés davantage. Dans un premier temps, Mark m'a invitée à descendre à La Corogne, en Galice, sur la côte nord-ouest de l'Espagne, accueillir Ellen, de retour des Bermudes avec un nouveau bateau : un 50 pieds, deux fois plus long qu'un Mini, avec lequel elle entendait courir la prochaine Route du Rhum, l'un des plus beaux rendez-vous du calendrier nautique. Curieuse situation : me voilà partie avec ma vieille Ford, le *boyfriend* d'Ellen à mes côtés, et une nouvelle confiée in extremis par Mark devenu son agent : la promesse pour l'intéressée d'un contrat majeur avec un sponsor d'importance. Si généreux qu'il allait lui permettre d'envisager l'achat d'un engin encore plus conséquent et d'abandonner l'idée de convoyer avec moi la vieille coque ramenée en Espagne. Un mal pour un bien : Mark et Ellen ne m'ont pas abandonnée en chemin mais m'ont, au contraire, intégrée dans leur équipe technique. Une référence dans les années 90. On ne présente plus

Ellen, sa précocité, ses coups d'éclat immédiats et cette volonté qu'elle a affichée dès son plus jeune âge. De marin, Mark s'est très vite mué en homme d'affaires. Né sur l'île de Wight, formé au sein de la Navy, ce boulimique – bilingue et entreprenant – s'est vite invité à la table des organisateurs et partenaires les plus influents du moment.

En Angleterre, le monde de la régate est un tout petit milieu. Autour de la coque à gréer et préparer, j'ai retrouvé l'Australien Andrew Cape, alias Capey, navigateur chevronné, recruté pour assurer le routage du futur *Kingfisher*. Ensemble nous avions collectionné plusieurs régates à bord du Farr 45 du businessman Chris Little, baptisé *Bounder*, « goujat » en français ! Capey, lui aussi, parlait beaucoup de la Mini pour laquelle il avait dessiné et construit son propre bateau. J'étais cernée et concernée. Pas un mois ne se passait sans qu'une connaissance, un équipier ou un ami m'entretienne de cette épreuve-tremplin ouverte à tous les postulants champions.

Capey fut le premier à comprendre que ma curiosité avait valeur d'interrogation. A sa connaissance, existait-il des Minis à vendre ? Il me suggéra davantage : la cession de son propre bateau ! Recruté in extremis par l'équipe suisse de Coupe de l'America – un boulot à plein temps qui ne se refuse pas –, il m'invita sans tarder à m'entraîner à son bord et me recommanda même auprès de son partenaire, Aberdeen Asset Management, assez ouvert pour rempiler avec moi à la barre. Avec mon professeur désigné, le transfert se fit en douceur. Ensemble nous avons disputé plusieurs épreuves et assuré un minimum de relations publiques pour notre plus que compréhensif sponsor.

Je suis allée récupérer *Aberdeen Asset Management* fin août en Irlande, où Capey et moi l'avions laissé après avoir disputé la Semaine de Cork, un mois plus tôt. Mon père avait tenu à m'accompagner mais il m'avait prévenue qu'il ne faudrait pas que je compte sur son aide une fois à bord. Je pense qu'il voulait voir comment je m'en sortais toute seule. Pendant toute la traversée, il m'a observée tandis que je m'activais sur le pont, ce qui lui a permis de constater que j'étais capable de mener mon bateau comme une grande. Une occasion inespérée de me retrouver en répétition générale avant la toute première représentation. Une occasion aussi de tranquilliser indirectement ma mère restée à terre. Même si je ne vis plus avec mes parents, il est primordial pour moi que l'un et l'autre soient en confiance.

A l'époque j'habitais une maison à Southampton, en compagnie d'Helen, qui m'a invitée à la rejoindre le jour où je me suis séparée du petit ami avec qui je vivais depuis trois ans. Helen est une fille géniale. Elle bosse dans une voilerie et nous avons fait connaissance à l'occasion de diverses soirées ou courses en équipage. Son talent pour la décoration est indéniable. Elle a aménagé son intérieur avec des couleurs pâles mais chaudes, elle a peint des motifs au pochoir sur les murs et confectionné des stores bateau adorables. Une vraie maison de filles. D'ailleurs, ni elle ni moi ne ramenons jamais de garçons.

Au bout de quatre heures de *road trip*, me voici enfin à Plymouth à l'extrême ouest de l'Angleterre où mon père et moi avions laissé mon Mini à notre retour d'Irlande. Je vais passer la nuit chez mon copain Nick Piearson, venu poursuivre un cursus d'océanographe à l'université. Comme tous les étudiants, Nick a une vie sociale trépidante, et je sais d'avance que je dois prendre garde à ne pas me laisser embringuer dans une de ces bordées qui vous font traverser la nuit sur un nuage de mousse. Je n'ai pas particulièrement envie de partir sur ma première traversée en solitaire la tête à l'envers... Nous allons tout de même prendre quelques demis puis je rentre sagement – à temps, serait-il plus juste de dire – de manière à pouvoir dormir quelques heures. J'étends mon sac de couchage à même le sol. A 7 heures du matin, je remballe mon paquetage avant de sortir sur la pointe des pieds, histoire de ne pas arracher Nick à une nuit trop courte. Dans le petit matin qui s'étire le long des quais, le soleil fait son apparition dans un ciel foncièrement bleu. Je souris. C'est un beau jour pour partir...

Pour des raisons de sécurité, les responsables anglais de la classe Mini encouragent les concurrents à se lancer à plusieurs sur le parcours de qualification, même si, évidemment, chacun est seul sur son bateau. Ce sont eux qui m'ont mise en relation avec Simon Curwen, autre amateur qui partira en même temps que moi. Simon a passé la nuit à bord de son voilier. Il n'avait pas de point de chute à Plymouth et pas de quoi se prendre une chambre d'hôtel. Ce père de famille a pris un congé longue durée et contracté un emprunt pour pouvoir disputer la course de sa vie. C'est une belle histoire. Sans ménagement, je tape sur la coque de son bateau, *QDS*, pour m'annoncer. Le gars aux cheveux blonds en pétard qui émerge s'exprime avec enthousiasme, une lueur espiègle dans le regard, comme si l'enfant en lui était en train de refaire surface. Je le trouve sacrément exalté et avenant. Difficile de trouver meilleur compagnon de route !

Nous partons sous le soleil, mais deux heures seulement après avoir quitté l'embarcadère, un épais brouillard nous enserre. Je n'ai plus aucun contact visuel avec Simon. Je sens l'angoisse m'étreindre : si je redoute une chose en mer, c'est bien le brouillard. Avancer à l'aveugle sur le rail des cargos dans la Manche, où le trafic des pétroliers et autres porte-containers est particulièrement dense, est à mon sens aussi stressant que de se retrouver sur l'autoroute à contresens… A part l'absence de visibilité, les conditions sont idéales : j'ai le vent dans le dos et le bateau file au portant sur une mer étale. J'ai l'impression de naviguer comme dans du beurre. J'ai déjà coiffé ma lampe frontale pour pouvoir continuer à me servir de mes deux mains lorsque l'obscurité vient me surprendre. Je me suis fait une raison : plutôt que de jouer avec mes nerfs, j'ai pris le parti de rester éveillée au maximum. Les heures passent. J'accuse le coup. Me perds dans mes pensées. J'ai si peu l'habitude de me retrouver seule en pleine mer que j'ai, par moments, l'impression d'avoir une personne à mon bord. Je ne pourrais pas lui donner un nom ni même un visage : je suis simplement persuadée, lorsque je suis à l'intérieur de mon voilier, que quelqu'un se trouve sur le pont. Et vice versa. Je me surprends même à tendre un paquet de gâteaux à mon équipier imaginaire. Plus tard, je ne serai plus jamais sujette aux hallucinations, pas même sur la Solitaire du Figaro, la plus épuisante des courses. Mais en attendant j'ai un peu de mal à composer avec mon passager clandestin…

Après trois jours de navigation (de divagation ?), La Rochelle pointe le bout de ses deux tours de garde. Je suis essorée, pressée de rattraper mon sommeil perdu. Sans demander mon reste, je m'endors au mouillage, amarrée au bateau de Simon, arrivé un peu avant moi. Reportant du même coup notre arrivée au port à la marée suivante. Notre stationnement à peine assuré, nouvelle priorité : rejoindre l'auberge de jeunesse du coin pour un nouveau « tour de cadran » bien mérité. Une balade en ville me libère enfin, même si j'ai l'impression d'avoir encore ma lampe frontale fixée autour du crâne. A plusieurs reprises, je touche machinalement ma tête pour vérifier qu'elle n'est plus là. C'est à mourir de rire : la peau de mon front et de mes tempes a conservé le dessin de l'élastique de ma lampe que le stress m'a incitée à serrer beaucoup trop fort.

Nous sommes arrivés à temps pour la National Mini, une épreuve de régates côtières en équipage, réservée aux bateaux de cette classe. Simon, qui est sur le circuit depuis quelque temps déjà, avait prévu des équipiers, qu'il a retrouvés sur place. J'ai le tort de ne pas avoir anticipé. J'hésite, je tâtonne. L'ambiance de la compétition à venir m'impressionne. Je n'ai jamais vu autant de Minis bord à bord. Pourtant, les rapports sont conviviaux. La plupart des concurrents se connaissent. En déambulant sur les pontons au milieu des *frenchies*, je fais la connaissance de deux compatriotes : Brian Thompson, venu prospecter avec l'intention d'acquérir un bateau pour disputer lui aussi la prochaine Mini Transat, et James Bird, 17 ans à tout casser, frimousse d'enfant, qui vit encore chez ses parents à Hamble, une petite ville portuaire où je bosse moi-même de temps à autre pour une société de vente de matériel électronique pour bateaux : Divers Yacht services.

Puisque l'un et l'autre sont à quai, je leur propose de disputer la National Mini à mon bord ! Bien que non inscrite, le comité m'accorde volontiers une dérogation. Et nous voilà tous les trois ralliant le départ de la première manche sur *Aberdeen Asset Management*. Vous avez dit débutants ? Contre toute attente, nous nous imposons ! Les autres concurrents ont vite fait de me dévisager : elle sort d'où cette petite Anglaise ? Sincèrement, je ne me sens pas très à l'aise. Non seulement je suis une grande timide mais je ne parle pas un traître mot de français.

« Bonjour, je m'appelle Jeanne... Jane en anglais. » La jeune femme blonde qui s'avance avec un large sourire, de grands yeux rieurs, la peau cramée par le soleil est, elle, bel et bien française. Elle porte dans ses bras un bidon blanc étanche dans lequel les navigateurs rangent d'ordinaire leurs fusées de détresse. Drôle de sac à main... J'ai remarqué que beaucoup de filles de la classe croisées sur les pontons possédaient le même. Sans doute une de ces modes dont les Français sont friands, comme cette tendance douteuse consistant à tapisser les cloisons de leurs appartements avec de la moquette ! Ce n'est que plus tard que j'apprendrai que la « moumoute murale » est un *must* en matière d'isolation phonique et que les bidons en plastique n'ont pas d'équivalent pour tenir au sec les cigarettes et briquets des navigatrices portées sur le tabac. Plus sérieusement, Jeanne me tend un bout de papier sur lequel elle a griffonné un numéro de téléphone. Son message est limpide : « Si tu as besoin d'un service, d'un endroit où dormir ou de quoi que ce soit d'autre, n'hésite pas. » Je scrute ce visage rieur constellé de taches de rousseur. Je suis sciée par autant de bienveillance et de simplicité. Je ne le sais pas encore, mais Jeanne Grégoire va devenir ma meilleure amie et mon coskipper préféré.

En attendant, Simon et moi nous apprêtons déjà à reprendre la mer pour boucler notre parcours de qualification. Il me présente Paul Peggs qui va faire la route du retour avec nous. Comme Simon, Paul est un père de famille qui, avec l'assentiment de sa femme, a mis toute sa vie en hypothèque pour pouvoir réaliser son rêve. C'est un bon gars, tout en rondeurs. Une crème de mec. Nous sortons tour à tour du port de La Rochelle. Moi derrière et eux devant. Mais une fois au large, je découvre que la partie immergée de mon gouvernail – le safran – est endommagée. Je vais devoir retourner à quai pour réparer. J'empoigne ma VHF, une radio haute fréquence.

« Paul, c'est Sam. J'ai un problème avec mon safran. Il faut que je le renforce sinon il va péter avant l'arrivée. Je vais rentrer tout de suite réparer parce que je ne peux pas le faire en mer.

— Qu'est-ce qui t'arrive exactement ?

— J'avais installé un safran provisoire parce que le système d'origine ne fonctionnait pas. Et les fixations commencent à bouger.

— J'ai les outils dont tu as besoin : une perceuse et du matériel de stratification. Je peux te donner un coup de main.

— Je n'ai pas envie que tu t'arrêtes, Paul. Je sais que tu es pressé de rentrer pour reprendre ton boulot. Je peux me débrouiller seule.

— Il n'en est pas question. Nous allons tous faire demi-tour. Je préviens Simon. Cela ne prendra pas longtemps. En plus, ce sera l'occasion de manger et dormir encore une fois à La Rochelle. Ce n'est pas du temps perdu. Nous allons tous gagner une nuit de sommeil.

— OK, si tu insistes. Mais c'est moi qui régale ! »

Ces gars sont vraiment adorables. Nous réparons donc mon safran et reprenons une nuit en dortoir à l'auberge de jeunesse du coin. Nous mangeons un morceau sur le port et, comme promis, je paie ma tournée. Lorsque nos trois Minis reprennent le large le lendemain matin, le ciel est épouvantable, presque autant que la mer qui se creuse, se croise, me brasse… J'ai envie de vomir alors que je ne suis quasiment jamais malade en bateau. Je crois que c'est le stress qui, à nouveau, me retourne l'estomac. Rien que la perspective de traverser la Manche et d'emprunter le rail des cargos une seconde fois me donne la nausée. Sans compter que la fin du voyage – imposée par la qualification – est beaucoup plus aléatoire, avec une incursion en mer d'Irlande et un passage autour d'un bateau-phare sur la côte est de l'île.

Il nous reste encore 700 miles, soit un peu plus de 1 300 kilomètres, et j'ai déjà perdu Paul et Simon dans la tempête. Quand le ciel s'est ouvert, au lever du jour, tous deux avaient disparu. Impossible de les joindre. Nos VHF n'ont qu'une portée limitée de 50 kilomètres environ. Je ne réussirai à établir un contact radio avec Simon que trois jours plus tard. Mais nous sommes sans nouvelle de Paul : sans doute a-t-il eu un problème et aura-t-il été contraint de faire escale. Je décide de dessiner une grande boucle autour de l'île d'Ouessant le temps que Simon me rejoigne, pour que nous puissions, ensemble, traverser la Manche et passer la tempête qui s'annonce, comme deux enfants se tenant par la main…

Le ciel est si bas qu'il me semble que je pourrais le toucher avec la pointe de mon mât entièrement dépourvu de voiles. Mon bateau avance pourtant bon train poussé par un vent furieux. Encore un peu et j'aurais le sentiment de prendre la vague comme on surfe sur une planche. Jouet des éléments plus que maîtresse des événements, je m'éclate à défaut de me rassurer vraiment ! Heureusement, le vent finit par tourner. La récréation est terminée. Nous poursuivons notre route dans la tempête, mais contre le vent cette fois, remontant la mer d'Irlande devenue aussi raide qu'une pente. Le bateau-phare de Coningbeg Rock, au large de Wexford à la pointe sud-est de l'Irlande, clignote enfin.

Maintenant que je suis à proximité, je dois – ainsi que l'exige le règlement – prendre une photo prouvant que je suis bien arrivée jusque-là et que je n'ai pas escamoté une partie du parcours. J'imaginais que ce serait une simple formalité, jusqu'à ce que je me retrouve à me démener sur une mer démontée avec mon appareil photo étanche et ma pellicule. La prise de vue est presque aussi compliquée que la traversée elle-même : il faut absolument que le bateau-phare soit reconnaissable mais également mon propre bateau ainsi que la balise du parcours... Je m'applique. J'en suis à espérer que je n'aurai pas de mauvaises surprises avec le développement de la pellicule quand j'entends crachoter la VHF : Simon cherche à me joindre.

« *Aberdeen Asset Management*, ici *QDS*.

— Oui, *QDS* ! Comment ça va Simon ? Ça secoue pas mal. Pas trop mouillé ? Moi, je suis trempée.

— Salut Sam ! Tout va bien... sauf que je n'ai plus de batterie. Mes panneaux solaires ne fonctionnent pas avec ce mauvais temps. Je regrette de ne pas avoir apporté un générateur. Je n'ai pas d'autre choix que de m'arrêter pour recharger. Je te laisse finir la route seule. Désolé.

— Navrée, Simon. Ça m'embête vraiment pour toi. Dès que j'arrive, je téléphone à ta femme pour lui dire que tu vas bien et que tu n'es pas loin derrière moi. Bon courage ! J'espère que les Irlandais t'offriront au moins une Guinness... »

En raccrochant, je me dis que ce n'est quand même pas de chance : les deux gars qui ont gentiment accepté de rebrousser chemin pour me venir en aide se retrouvent, l'un après l'autre, en rade pendant que moi, je poursuis ma route. Cela n'aurait servi à rien que je m'arrête : je n'aurais été d'aucune aide à Simon. J'ai lu un jour que la plupart des accidents de la route se produisaient à proximité du domicile du conducteur. Je me sens un peu comme ce gars qui relâche sa vigilance en pensant justement qu'il est presque arrivé.

La nuit tombe sur une mer plate. Le vent ne souffle plus. Je distingue au loin des points de lumière : l'Angleterre, enfin. Je profite de ce moment de calme pour recharger ma propre batterie en la branchant sur le générateur, petit moteur qui se met en route comme on démarre une tondeuse à gazon. Je tombe de sommeil. Transie de froid, je serre tout contre moi le générateur qui dégage quelques bouffées de chaleur. Assise dans le cockpit, bercée par son ronronnement, je me sens partir. Lorsque je me réveille, il est en panne, ce qui signifie que j'ai dormi pendant au moins quatre heures, son temps d'autonomie avec un plein d'essence ! Il est environ 10 heures lorsque j'arrive à l'entrée du port de Plymouth.

Incrédule, je regarde toute une série de voiliers qui sortent comme s'ils venaient à ma rencontre ; l'espace d'une seconde, j'ai le sentiment qu'ils m'attendent. Les équipages sont, en réalité, en train de quitter le port pour les régates du dimanche. Improbable rencontre. Le contraste est saisissant entre leur apparence soignée et ma dégaine d'épave après une semaine de mer en solitaire. J'ai le cheveu hirsute, le teint brouillé, un regard de triton. Je me rappelle avoir entendu dire récemment que 17 heures de veille correspondent à un niveau d'alcoolémie de 0,5 gramme par litre de sang. J'ai vraiment l'impression d'avoir une gueule de bois. Mon arrivée est laborieuse. Je n'ai pas de moteur et personne à quai susceptible de m'accueillir et de prendre mes haussières pour m'amarrer au quai. Je parviens néanmoins à accoster. Je prends le temps de ranger un peu le fatras sur le pont avant de m'écrouler comme une loque au fond de mon bateau.

J'ai dormi trois heures à même le sol. Au-dehors, je retrouve ma vieille Ford Capri. Je fourre mon bric-à-brac dans le coffre, encore un peu sonnée par ma première traversée en solitaire, avec, pourtant, une irrésistible envie de reprendre la mer. Ma priorité de l'instant consiste à trouver rapidement quelque chose à manger. L'anémie me guette ! Au bout d'une heure de route, je m'arrête à une station-service dans Exeter pour faire le plein et acheter un énorme paquet de M&M's englouti sans attendre. Je suis fourbue mais tellement heureuse. La mer bourdonne encore dans mes oreilles. J'en suis convaincue : j'ai trouvé ma voie.

Chapitre 8

Comme un flamant rose

Je voudrais ne jamais sortir du fond de la nuit. J'émerge de mon bateau comme d'un cauchemar. Je suis la dernière de l'étape, si loin derrière. A mon arrivée, il ne reste plus personne. Les navigateurs et les préparateurs ont regagné leur hôtel. Même les membres du comité de course sont rentrés se coucher. Les voiliers des autres concurrents sont alignés le long des pontons, aussi bien rangés que sur une étagère.

Sur le pont de mon *Skandia*, qui glisse sur l'eau comme une larme sur ma joue, je regarde le quai désert qui, soudain, se brouille. Je pleure. J'amarre mon bateau, la gorge serrée, je crois que c'est la honte qui m'étrangle. Je me sens submergée : mon cœur déborde. Je ne craque pour ainsi dire jamais au terme d'une course. Du moment que j'ai donné le meilleur de moi-même, j'estime ne devoir nourrir aucun regret. Mais là la situation est différente. J'ai navigué à ventre ouvert, pour terminer complètement larguée. Je suis vidée, crevée. Me sens honteuse, minable pour tout dire.

Nous sommes en juin 2003. La Generali Méditerranée, course solitaire par étapes, vient à peine de lever l'ancre de Marseille et je suis déjà dernière du classement général ! La claque est cinglante. Décochée d'entrée de jeu, dès la fin du premier tronçon long d'à peine 110 miles – la distance qui relie Lille à Paris en gros. Si je résumais ma course à l'échelle d'une carte routière, je dirais que j'ai emprunté un itinéraire bis via Le Havre tandis que la plupart des concurrents roulaient à fond la caisse sur l'autoroute A1. Mais qu'est-ce que je fais là ?

C'est ma première course en Figaro, une série très physique qui invite ses concurrents à régater à armes égales, sur des bateaux strictement identiques. Dans ce contexte, c'est vraiment le coureur qui fait la différence, par son travail d'optimisation et par son sens de la navigation. Il me faut me rendre à l'évidence : je suis à la ramasse. Le premier bizut, Yves Leblevec, a terminé 7e. C'est dur à dire mais je crois que je n'ai pas le niveau. Je suis vraiment trop nulle !

J'émerge au petit matin dans la froideur de ma chambre d'hôtel. Ce n'était pas un cauchemar.

Je voudrais ne jamais sortir du fond de mon lit. La fessée que j'ai prise sur l'eau me brûle encore les chairs. Je reste pendant un instant d'éternité sous la douche, comme un boxeur sonné, avant de traîner mon corps meurtri jusqu'au ponton. Où j'encaisse un nouveau coup de bambou : le comité de course m'a gratifiée d'une pénalité au prétexte que je n'ai pas rempli ma déclaration d'arrivée. J'ignorais la procédure ; c'était ma première course de nuit, et, de toute manière, personne n'était présent à mon arrivée pour me fournir le formulaire adéquat. Impossible de faire valoir mes arguments. J'encaisse. Et retrouve un de mes préparateurs : Erwan Lemeilleur, un Français recruté en lieu et place de Nick Black, alias Noby, *British* comme moi, qui n'a pu se libérer pour cette épreuve.

J'ai rencontré Erwan pour la première fois dans un café de Lorient où je lui ai fait subir son « entretien d'embauche ». J'avais entendu dire qu'il avait bossé avec Bernard Stamm, un habitué du Vendée. Il revenait tout juste d'un périple en Amérique du Sud et était un rien crispé. Il parlait peu anglais, je parlais mal français, mais le courant, allez savoir pourquoi, est passé sans tarder. Sa jeunesse, sa culture, son expérience, ses compétences en matière de stratification en particulier ont joué en sa faveur.

Ce matin-là, je croise son regard navré. Erwan ne sait visiblement pas trop quoi faire pour me remonter le moral. Nous nous connaissons depuis si peu de temps que je l'imagine pestant intérieurement contre cette « blonde d'Anglaise qui ne sait même pas naviguer » ! Preuve que non : en ce jour de repos rien ne l'obligeait à rester avec moi et à me balader en voiture. Sans doute cherche-t-il à me changer les idées ?

J'étais encore en plein blues lorsque s'est ouvert devant nous un champ de flamants roses. Un essaim d'oiseaux merveilleux soudain effrayés par l'avancée de notre voiture au milieu des marais. Sans jeu de mots, ma vie venait de reprendre des couleurs, en l'espace d'une seconde seulement ! Le temps de quelques battements d'ailes et j'avais tout oublié : mes peines et mes doutes, mes angoisses et mes interrogations. Mon sourire ayant daigné réapparaître, je ne le lâche plus. Je m'emballe, je m'enflamme. « Ils sont magnifiques ! » Erwan a coupé le contact. Il me regarde, éberlué. Pas de doute : il doit me prendre pour une cinglée. Difficile de l'en blâmer.

Depuis ce jour, je suis devenue raide dingue des flamants roses. J'adore ces échassiers dont je porte volontiers les couleurs. Ils sont très sociables et particulièrement expressifs, si grands que leur prise d'élan pour décoller s'éternise sur plusieurs dizaines de mètres. Ensuite, ils sont capables de voler des centaines de kilomètres durant à des vitesses pouvant atteindre les 60 kilomètres-heure. Amusé, Erwan me taquine gentiment : « Mais c'est de toi que tu parles : c'est toi le flamant rose ! Toi qui es lente au démarrage et qui ne demande qu'à t'envoler. "Sam"… "Flam"… Il semble bien que je t'aie trouvé un surnom. »

Depuis ce jour, Erwan ne lâche plus ce sobriquet. Lui seul est autorisé à le faire. C'est notre clin d'œil, notre *private joke*. Lorsque je suis rentrée chez moi, après la Generali Méditerranée que j'ai finalement terminée à la vingt-quatrième place du classement général, j'ai cherché sur Internet un dessin de flamant rose. J'en ai dégoté un superbe sur un site de coloriages et je me suis empressée de l'imprimer pour le scotcher sur la table à cartes de mon bateau. Je ne sais pas s'il m'a porté chance, toujours est-il que j'ai terminé dans les dix premiers ma course de nuit suivante…

J'ai disputé ma première Solitaire du Figaro, l'épreuve-phare du calendrier de cette classe, avec ma mascotte de papier à mon bord. J'ai fini dix-neuvième du classement général et deuxième « rookie » (débutante) grâce, en particulier, à une belle septième place à l'issue de la dernière étape. Toujours avec mon flamant rose à portée de vue. Que ma sœur Debbie a décliné depuis en T-shirts, sacs à main, ou peluches. Cette dernière réplique a définitivement remplacé sa version papier. Jamais je n'aurais envisagé le Vendée Globe sans elle. C'est pourquoi je l'ai baptisée *Foxy* : parce qu'elle était aussi rose que *Roxy*, le bateau avec lequel j'allais disputer ce tour mythique.

Aujourd'hui encore, peu de gens connaissent ma passion pour ce drôle d'oiseau. Cela a donc été une énorme surprise d'être accueillie à mon retour du Vendée Globe par un immense flamant rose en baudruche qui paradait sur les quais des Sables d'Olonne affublé d'un T-shirt « WE LOVE SAM ». C'était génial ! J'ai su par la suite que c'était une idée originale de Flor Trigueros, la nana qui pour le compte de mon sponsor gérait la logistique, le budget et le planning, en compagnie de Xavier David, chef de projet. Elle avait deviné que le flamant rose était mon animal totem. Il faut dire que Flor est une fille intuitive et très attentionnée. Elle a toujours été un peu notre nounou à tous. Cette jeune fille charnelle, dont le regard rieur s'étire sous de superbes sourcils bruns, a toujours pris soin de tout le monde dans l'équipe, nous dégotant en particulier des superfringues pour que nos uniformes soient des plus stylés.

Je sais que les mauvaises langues diront que mon bateau ressemble à une chambre d'enfant mais j'assume : en plus de mon flamant rose, je navigue aussi avec un canard en peluche porte-bonheur, Lucky, que j'emporte avec moi sur toutes les courses. Depuis sa première traversée, sur une course entre Saint-Nazaire et Cuba, en 2005, Lucky a traversé sept fois l'Atlantique et bouclé un tour du monde. Il a disputé la Solitaire du Figaro à deux reprises, et m'a accompagnée sur toutes les épreuves que j'ai courues à bord de *Roxy*. Il a même fait le tour des îles Britanniques sur la table à cartes du *Aviva* de Dee Caffary, l'autre navigatrice anglaise du dernier Vendée, qui est devenue une supercopine.

A peine rentrées du Tour du Monde, Dee m'avait proposé de rejoindre les *top girls* qu'elle était en train de recruter pour faire tomber ce record. Je suis venue avec Lucky. Je crois qu'elle craquait sur lui parce qu'il était aussi jaune que la coque de son bateau. En revanche, je n'ai pas osé lui imposer mon flamant rose : il ne faut pas abuser non plus !

Lucky n'est pas né de la dernière pluie. Lorsque Jeanne Grégoire et moi avons décidé de faire équipe pour la Transat AG2R 2004, disputée en double, entre Lorient et Saint-Barthélemy, Kate, la secrétaire du centre national de Port-la-Forêt où nous nous entraînons, nous avait offert à toutes les deux un canard en peluche : le même que Lucky, exactement, mais rose. Nous l'avions accroché à la barre de notre bateau. C'était notre mascotte. Qui évidemment nous a porté chance puisque nous avons terminé à la cinquième place, notre meilleur résultat à l'une comme à l'autre en Figaro !

Puisque nous avions réalisé la course sur le bateau de Jeanne, le canard est resté à son bord tandis que je reprenais la saison, seule, sur mon *Skandia*. Kate a dû trouver ça un peu triste : dès la course suivante, j'ai trouvé Lucky sur la table à cartes... Kate était passée par là. Comment être insensible à pareille attention ? On pourra toujours rire de ces enfantillages, de ces gamineries d'un autre âge. Rien ni personne ne me contraindra à me séparer de mon canard. Seule concession : depuis que je navigue sur des 60 pieds, des voiliers deux fois plus longs et imposants que nos Figaro, Lucky est en sécurité à l'intérieur de l'habitacle. Je ne voudrais surtout pas prendre le risque de le voir s'envoler !

Chapitre 9

Bananes et chaussettes rouges

Contrairement aux apparences, je ne suis pas superstitieuse – il paraît que cela porte malheur ! Pour mon Vendée Globe, outre mes quelques gris-gris habituels, canards et flamants roses en peluche, j'ai emporté une culotte porte-bonheur et trois paires de chaussettes fétiches ! C'est un peu juste au niveau change, cela nécessite pas mal de lessives, mais ce cérémonial m'est apparu d'emblée indispensable. Les chaussettes, ce sont les fameuses *red socks* de Sir Peter Blake, marin immense, vainqueur de la Coupe de l'America 1995 alors qu'il arborait précisément à chaque régate ces bas de laine plus généreux que toutes les économies accumulées par tous les petits épargnants néo-zélandais réunis.

L'anecdote est savoureuse : la seule fois où le capitaine moustachu n'a pas été à bord de *Black Magic* – avec ses chaussettes rouges –, son équipe s'est inclinée. Un moindre mal eu égard à la quantité de régates remportées par ailleurs, au hold-up perpétré contre les Américains et à la gloire nationale qui s'est abattue sur les épaules des héros dans la foulée ! Cette histoire m'a marquée. A cause du clin d'œil c'est certain, mais surtout du fait de la personnalité de son héros. Installé dans le sud de l'Angleterre, le grand Peter partagea un temps la même salle de gymnastique que ma mère. Ils se sont rencontrés quelques fois. Chez nous, Blake était synonyme d'excellence, mais aussi de probité et de courage. J'ai vraiment été affectée lorsque j'ai appris son assassinat quelque part en Amazonie alors que son bateau avait été pris d'assaut, en pleine expédition, par une bande de malfrats sans scrupule.

Mon arme secrète est une culotte noire, ou plus précisément un boxer pour fille, qui porte l'inscription « LUCKY » dessinée en strass rose sur l'élastique. En 2005, après avoir battu le record du Défi Vendée, une course disputée sur plusieurs jours sous forme de contre-la-montre, j'avais confié à des proches les « dessous » de ma réussite. Le lendemain, c'était au tour de Romain, mon petit ami, de s'imposer. Il avait détenu deux ans ce record et a manqué de le reprendre pour quelques secondes. Après la course, il m'a glissé malicieusement : « Moi aussi, j'ai un porte-bonheur… » Il a tiré sur l'élastique de son boxer pour me laisser entrevoir l'inscription… Il m'avait piqué ma culotte ! Je n'en revenais pas : il avait fouillé dans mon sac de linge sale pour récupérer mon trésor. Ne riez pas : forcément j'ai été obligée de lui acheter son propre « *lucky boxer* », pour pouvoir récupérer le mien.

En mer – je vous l'ai dit je ne suis pas superstitieuse du tout – je porte aussi une médaille de saint Christophe à mon cou. Je tiens énormément à ce pendentif. C'est un cadeau de mon grand-père paternel, qui était commandant de sous-marin dans l'armée britannique pendant la Seconde Guerre mondiale. Il me l'avait offert juste avant que je parte sur le Trophée Jules Verne avec Tracy Edwards, sur l'ancien *Enza* de Peter Blake, rebaptisé *Royal & Sun Alliance*, en 1998. Peu de temps avant, il m'avait emmenée au musée de Gosport où est exposé le sous-marin dans lequel il a servi pendant les hostilités. En échange, je lui avais fait visiter notre maxicatamaran, un voilier à deux coques de trente mètres de long, sur lequel nous nous préparions à partir.

Je revois encore le grand-père Davies me prendre la main et planter son regard clair dans le mien comme pour fixer ce moment à jamais : « Ce que tu fais est extraordinaire. Moi, je n'aurais jamais pu en faire autant. Je suis tellement fier de toi. » Subrepticement, il a glissé le petit médaillon dans ma paume, et, le visage grave, a ajouté : « Je veux que tu portes ceci, parce que j'ai toujours gardé ce médaillon avec moi lorsque j'étais en mer. Compte tenu du fait que je suis toujours vivant, j'en déduis qu'il porte bonheur. » Je ressens encore aujourd'hui la solennité de cet instant. « Sam, je ne te demande qu'une chose : porte-le en souvenir de moi. » J'ai acquiescé et promis. Depuis, j'accroche ce cadeau à mon cou chaque fois que j'embarque sur un bateau ou dans un avion. Grâce à ce petit bout de ferraille, j'ai le sentiment de poursuivre l'aventure de notre famille tout entière.

La mer est un lieu magique qui, depuis la nuit des temps, nourrit quantité de croyances et de légendes. D'où les usages que je m'impose en matière de porte-bonheur et autres talismans. Cela va de soi : je n'emportais pas autant d'« anges gardiens » à la piscine lorsque je disputais des compétitions de natation. Difficile de nager avec mon canard sous le bras ou mes chaussettes rouges aux pieds ! Je me contentais d'un petit ours en peluche que je triturais dans la poche de mon peignoir. J'aimais le sentir, là, sous mes doigts ; je crois que, d'une certaine manière, cela me rassurait. J'admets que c'est irrationnel, mais la logique n'a rien à voir là-dedans. Cela tient sans doute davantage de l'habitude. Mon esprit mathématique réclame cohérence et rationalité. Si d'aventure ces divers objets me faisaient défaut, je ne m'en préoccuperais pas outre mesure. Hors de question, par exemple, de faire demi-tour pour retourner chercher mon canard, mon flamant rose ou ma médaille de saint Christophe ! Je ne suis pas esclave de mes lubies.

La seule chose qui pourrait me faire « flipper », ce sont les bananes. Je n'en veux pas à mon bord, sous aucun prétexte. Je les tolère, à la rigueur, sur les bateaux des autres, et encore… Lorsque j'ai disputé la Transat Jacques Vabre avec Sidney Gavignet, j'ai trouvé des morceaux de banane dans un de ses sachets de nourriture lyophilisée, un matin, en préparant le petit déjeuner. Vous pouvez vous pincer : je suis convaincue que ces satanées rondelles expliquent la malchance qui nous a poursuivis tout au long de la course.

Ma première mésaventure « bananière » remonte à l'époque où je faisais du match race en Classe 8 au sein de l'équipage de Shirley

Robertson. Le match race débute avec un tour préliminaire au cours duquel chaque participant rencontre tous ses adversaires afin d'établir une première hiérarchie. Les quatre premiers accèdent ensuite au championnat proprement dit, succession de duels qui se disputent en deux ou trois régates gagnantes. Nous passons donc beaucoup de temps à terre et, comme tous les dériveurs, strictement identiques, sont prêtés par l'organisation, nous ne cessons de changer de bateau. Nous trimbalons donc toujours un sac avec nous dans lequel nous entassons nos indispensables polaires, outils, bouteilles d'eau, coupe-faim, etc. Des bananes notamment. Qui, un beau jour, eurent le tort d'éclater, et plus encore, au beau milieu de nos effets, victimes d'une manipulation un petit peu trop musclée. D'un commun accord, nous avons décidé de changer de régime !

Des années plus tard, quels que soient les types de courses ou de bateaux, je me suis rendu compte que chaque fois que j'avais une galère – et j'en ai eu souvent pendant une période ! –, des bananes se trouvaient à bord. Je me souviens d'avoir précipité à l'eau toutes celles que j'avais embarquées le jour où j'ai trouvé un sac plastique coincé dans ma quille. Depuis, comme beaucoup d'Anglais, je traque la banane sous toutes ses formes. Même les bonbons, qui en ont simplement l'aspect, sont indésirables à mon bord. Je sais, pour avoir navigué avec lui, que le navigateur australien Nick Moloney les a lui aussi en horreur. Le jour où il a perdu sa quille, il ne mangeait rien d'autre qu'un gâteau à la banane !

Je ne suis pas certaine de l'origine du mythe de la banane. J'ai entendu dire qu'il remonterait au début du XVIIIe siècle. La légende raconte que presque tous les navires qui ne parvenaient jamais à destination en transbordaient de pleines cargaisons. Selon une autre théorie, les bananes avariées, en fermentant dans les cales des galions anglais, dégageaient du méthane, un hydrocarbure nocif dont les esclaves, pris au piège dans la soute, étaient les premières victimes. L'explication la plus crédible est liée à la présence, dans certains chargements en provenance d'Amérique du Sud en particulier, de l'araignée banane (*Phoneutria nigriventer*), connue pour son agressivité et dont la morsure mortelle a la particularité de provoquer, pendant plusieurs heures, une érection très douloureuse…

En France, pas question de plaisanter avec le lapin. Une vieille histoire aussi. A l'époque où le chanvre était encore utilisé pour encorder les chargements et calfater les bateaux, lesdits animaux prenaient un malin plaisir à grignoter cette matière, occasionnant de nombreuses fuites ou voies d'eau. Cela ne me dérange pas si quelqu'un prononce le mot « lapin » sur mon bateau, parce que, dans ma culture, il ne porte pas malheur. Je prends néanmoins soin de ne jamais rien embarquer qui puisse avoir un rapport, de près ou de loin, avec les bestioles à « grandes oreilles ». Par respect pour les gars de mon équipe. A chacun ses superstitions, à chacun ses croyances.

Au début de la préparation du Vendée, j'avais expliqué, sans trop insister, que les bananes étaient interdites à bord. Il faut croire que le message est bien passé. Lors d'une opération de relations publiques, au large de Biarritz, quelques semaines avant le départ, j'ai surpris les gars en train de soustraire à la hâte les bananes prévues dans les paniers-repas. J'étais sciée de voir à quel point ils avaient pris mes recommandations au sérieux. Je me demande finalement s'ils ne sont pas plus superstitieux que moi. Je soupçonne d'ailleurs mon préparateur, Erwan, d'avoir ouvert tous mes cadeaux de Noël, simplement pour s'assurer que je ne risquais pas de me retrouver sur le Tour du Monde avec une banane innocemment planquée dans un paquet de bonbons ou sur la pochette d'un CD... Vous m'imaginez en plein océan Indien avec le disque culte des Velvet Underground décoré de la célébrissime banane jaune d'Andy Warhol et de son slogan pour le moins équivoque : « *Peel it slowly and see* » : « Epluchez-la lentement et attendez... » ?

Chapitre 10

Le nerf de la guerre

Lorsque j'ai rejoint l'équipage de Tracy Edwards, à la sortie de l'université, j'avais 22 ans. Pour la première fois, je me retrouvais à bord d'un bateau estampillé du nom d'un sponsor. La seule chose qui m'importait était de naviguer. Je n'avais aucune conscience des réalités économiques. Jeune rebelle – toutes proportions gardées –, à peine sortie de l'adolescence, je méprisais les codes : nous avions une tenue pour bricoler, une autre pour naviguer. Une raison suffisante à mes yeux pour que j'intervertisse les consignes et les blousons qu'il nous était recommandé de porter ! Je n'avais pas encore compris combien il était important de respecter un partenaire. Des responsables marketing sont venus nous expliquer les investissements consentis par le sponsor et les retombées qu'ils espéraient en retirer. Ils nous ont fourni des exemples, décortiqué des campagnes.

Qu'on se le dise : un passage télé avec un logo de chemise à moitié caché ou plié et tout est à recommencer !

De Coupe de l'America en Mini, les budgets voiles varient du tout au tout, mais il faut, grosso modo, compter 3,5 millions d'euros pour construire un bateau type Vendée Globe. Une campagne entière étalée sur quatre ans – avec participation à d'autres courses, équipe de soutien, entretien de la machine, etc. – représente un budget qui oscille entre 6 et 12 millions d'euros. Tout dépend de l'ambition du skipper, de ses objectifs, de la surface financière du sponsor. A titre de comparaison, le ticket d'entrée pour une équipe de Formule 1 est de 50 à 100 millions d'euros, l'équivalent d'un beau projet Vendée étalé sur... un quart de siècle ! Autre élément d'appréciation : Nike a déboursé plus de 40 millions d'euros pour devenir le sponsor maillot de l'équipe de France de football qui – c'est le moins que l'on puisse dire – n'est pas, depuis la dernière Coupe du Monde, le vecteur le plus porteur qui soit !

Sur le Vendée, les retombées presse sont évaluées à plusieurs dizaines de millions d'euros. Durant la course, mon partenariat avec Roxy lui a permis d'augmenter de 50% sa notoriété. A mon retour, Pierre Agnès, le président de Quiksilver Europe, m'a assuré que jamais, dans l'histoire du groupe – dont Roxy dépend –, un sportif ou un événement ne leur avait apporté une telle réussite. Pas même Kelly Slater, neuf fois champion du monde de surf. Confidence pour confidence, il m'a avoué qu'au sein de son entreprise j'étais devenue une « Roxy girl » pour la vie. J'ai même reçu un mail chaleureux de Bob McKnight, président de Quiksilver Inc. aux États-Unis, qui tenait à me féliciter en personne.

Les responsables de Roxy étaient tellement tristes de ne pas pouvoir me donner les moyens de poursuivre l'aventure après 2008, compte tenu de la conjoncture économique, qu'ils m'ont proposé de devenir ambassadrice de la marque. En échange d'une rente mensuelle, je porte leurs vêtements et participe à un certain nombre d'opérations. Une contrainte minimum ! Bien sûr, notre partenariat n'avait jusque-là rien de philanthropique. Avantage non négligeable : je me sentais parfaitement en phase avec ce partenaire. Même âge ou presque, même goût du sport, même dynamique, même souci de l'environnement, même inclination pour l'aventure, même attraction pour la nouveauté. Du magasinier le plus anonyme au DG, j'étais à l'aise avec tout le monde. Si cela n'avait tenu qu'à moi, j'aurais aimé emmener naviguer l'ensemble du personnel. J'ai parfois été frustrée de n'avoir pas pu m'impliquer encore davantage. Mais je sais, pour en avoir discuté avec d'autres skippers, que c'est un peu partout pareil : du moment que le sponsor a son plan marketing, il néglige souvent de nous engager davantage en interne.

Après le Vendée, Xavier David, mon chef de projets (*projet manager*, disent les Anglais), a choisi de changer d'orientation pour fonder avec moi « My Samantha Compagnie » où nous sommes partenaires à 50-50. Jusque-là, c'est lui qui chapeautait l'ensemble de mes intentions. D'un commun accord, nous discutions des objectifs, des calendriers, de la composition des équipes à recruter, de la manière de les rétribuer. Comme un chef d'entreprise classique, il supervisait et organisait. Aucun secteur d'activité (techniques, finances, médias, etc.) n'échappait à sa vigilance. Xavier est un ancien marin : ça aide. Sélectionné pour les Jeux olympiques de 1980, il n'avait pu réaliser son rêve. Bien que la France ait choisi de surseoir au boycott préconisé par les Américains compte tenu de l'invasion récente de l'Afghanistan par l'URSS, la Fédération Française de Voile avait cru bon – avec celle d'Equitation – de se

Avec un grand-père (paternel) sous-marinier pendant la Seconde Guerre mondiale, il est d'autant plus facile d'admettre que Sam est tombée "dedans" dès son plus jeune âge. La mer est son royaume.

Le commandant Davies n'a pas légué que l'amour de la navigation à sa petite-fille. Il a ajouté une médaille de saint Christophe qu'elle porte à son cou dès qu'elle est en bateau (ou en avion !).

Sam n'avait pas deux semaines lorsqu'elle est montée pour la première fois sur un voilier. Chaque été, elle y a fait ses classes jusqu'à devenir maître à bord.

Paul, son père, mène la barque. Lui aussi adore la mer. Jeune, il a remonté le canal de Suez à la voile. Ingénieur, il a longtemps travaillé sur des plates-formes pétrolières.

Sam a grandi sur Hayling Island, en face de Portsmouth, au sud de l'Angleterre. Plus jeune, sa sœur Debbie est entre de bonnes mains.

A la rame et à la manœuvre au service de Jenny, sa mère, tout sourire sur l'annexe gonflable qui les ramène à leur bateau.

Maman devant, pensive. Et moi derrière, dans mon harnais de sécurité. Capable de lire à deux ans, je me suis vite intéressée au calcul de position, domaine réservé de mon père.

Les pieds dans l'eau (quelle surprise !) mais accompagnée surtout de son tout premier bateau de course qui, attaché à une ficelle, voguait régulièrement dans le sillage du voilier familial.

A la barre comme une grande. "Mes parents m'ont tout appris sur un bateau : même à cuisiner un rôti de bœuf par force 8 !"

Jenny n'a jamais boudé son plaisir en mer. Son propre père était propriétaire d'un chantier naval. Elle-même ne concevait ses vacances que sur l'eau.

Très tôt équipière – au service de Tracy Edwards en particulier –, Sam a souvent été versée au poste de n°1. Elle n'était jamais la dernière à faire le "singe" dans le gréement pour vérifier ou réparer.

Drôle de rencontre en Manche entre un minéralier et le Figaro de Sam. Un bateau avec lequel l'apprenti championne a terminé 19e de la Solitaire en 2004.

Sam version "Mini". Un bolide "format de poche" idéal pour tenter une première transat en solitaire. 11e en 2001 : pas mal pour commencer !

La fille de l'eau (bis). A bord du huit du Saint John's College de Cambridge. L'aviron : le parfait dérivatif pour une étudiante brillante bientôt diplômée.

Un canard jaune et un flamant rose : il n'en faut pas plus pour porter bonheur quel que soit le bateau ou la course.

Installée du côté de Concarneau depuis 2004, Sam partage son bonheur avec Romain Attanasio, marin d'excellence et compagnon prévenant.

Preuve que la mer est essentielle pour la famille Davies : Paul et Jenny vivent à demeure à bord de *Niñita*, magnifique goélette de 18 mètres et 40 tonnes.

Spectacle classique, mais dont Sam ne se lasse jamais : la course des dauphins contre l'étrave. Une belle récréation en plein Vendée Globe.

Il n'est pas beau mon *Roxy* ? Vieux de sept ans certes, ex-compagnon de Michel Desjoyeaux et Vincent Riou, mais tellement performant.

Savoir composer avec les technologies de l'heure : pendant son tour du monde, Sam a envoyé, via satellite, plus de 50 vidéos et 250 photos.

En solitaire, aucun événement ni fête ne sont superflus. La “Mère” Noël des 40ᵉ vous souhaite tous ses vœux de bonheur et de réussite.

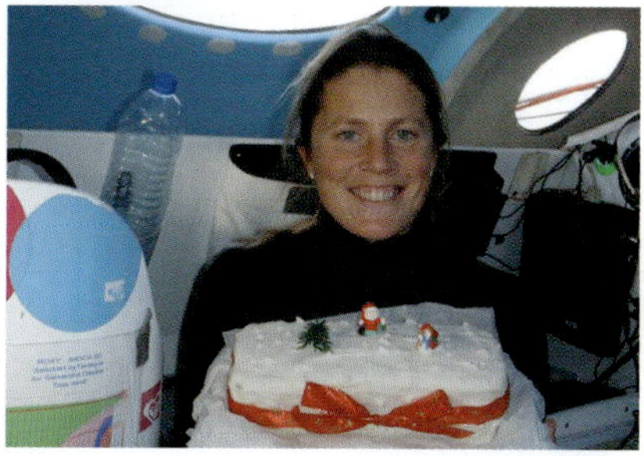

Et un beau gâteau pour la route ! On peut naviguer au plus loin, en parfaite solitude, et néanmoins le faire avec le sourire : c’est la recette Samantha…

Qu’on ne s’y trompe pas : ciré et capuche se substituent au confort du carré quand les circonstances de la course l’imposent.

Premier cap Horn et photo souvenir. Tradition oblige, c’est en petite tenue que l’exercice s’impose.

Pas toujours évident de maîtriser
un engin de vitesse comme
un 60 pieds. Les années
de formation, les mois
d'entraînement paient vraiment.

"Je navigue dans le plaisir". S'il ne fallait retenir qu'une seule phrase de Samantha, c'est celle-là. 95 jours autour du monde pleins de hauts et de bas, mais surtout pleins de bonheurs et de découvertes.

4ᵉ du Vendée Globe 2008-2009 et première femme : Sam a le droit d'être fière et satisfaite.

distinguer et de barrer la route de ses représentants ! Si l'aventure, sur le moment, l'a meurtri, Xavier ne s'est pas appesanti outre mesure. Vite, il est passé à autre chose, le management en particulier.

Compte tenu du bon déroulement du Vendée Globe – de sa préparation aux retombées d'après course –, il n'y avait aucune raison que nous ne poursuivions pas l'aventure ensemble. Jusque-là, Xavier appartenait à une autre structure – celle de Philippe Monnet, bien connu en France pour ses exploits en multicoque. Tout bien réfléchi, nous avons choisi de nous lancer de conserve en montant sa propre entité, un gage d'indépendance. De ce point de vue, mon passage chez Mark Turner et Ellen MacArthur m'a beaucoup appris. J'ai apprécié leur rigueur et leur professionnalisme. Je me souviens notamment les avoir vus préparer avec un soin maniaque l'intervention programmée d'Ellen pour une conférence à venir. Je ne procède pas autrement lorsqu'il m'arrive – c'est fréquent – d'intervenir devant des parterres qui, parfois, réunissent jusqu'à un millier de personnes. Je n'ai rien d'une *business woman* mais j'apprécie d'inscrire mes projets dans une vision à long terme. Je sais ce que je veux construire et comment parvenir à mes fins. Dans le domaine qui est le mien – mais je pense que cela est recevable dans bien d'autres –, la volonté d'agir est liée à un assentiment préalable : celui d'un sponsor que vous êtes parvenu à convaincre et/ou qui vous a choisi. Entre marins, nous avons coutume de dire que la « régate à terre » est au moins, voire plus difficile à mener que celle que nous projetons en mer. Avant les joies de la navigation, les affres de la négociation ! Compte tenu de ma retenue naturelle, je n'aborde pas l'exercice sans appréhension. Heureusement, Xavier, plus latin, plus rond, pallie mes manques.

Lorsque nous participons à des réunions avec des décideurs, je me contente d'évoquer ma passion, sujet sur lequel je suis intarissable, et laisse à mon alter ego le soin de s'épancher sur les plannings d'objectif, les courbes d'investissement ou les rétroprogrammes. C'est Xavier qui négocie mes tarifs lorsque je suis sollicitée pour une conférence ou qui discute contrat avec un éventuel annonceur intéressé par mon image. Je n'ai jamais su me vendre. Et je crois que je ne saurai jamais. Loin de l'eau, j'ai toujours besoin d'être conseillée et encouragée. C'est aussi ce rôle de soutien que remplit Grégoire Sentilhes, notre troisième associé, plus spécialement chargé de préparer le terrain avant tel rendez-vous ou réunion d'importance.

Pour la première fois de ma vie j'ai récemment rédigé un dossier de sponsoring auquel j'ai apporté un nombre incalculable de corrections. Je l'ai adressé à des tas de contacts. Certains ne vous répondent pas, d'autres font comme si, vous aiguillent sur un autre interlocuteur, vous baladent avant de, finalement, vous laisser choir. Démarcher un sponsor, c'est comme chercher du boulot sans introduction ou conseil particulier. On procède souvent au petit bonheur la chance. On tend l'oreille, on profite d'un tuyau, mais souvent on ratisse large pour, dans le flot des initiatives, déclencher une touche ou deux réellement crédibles. Après commence le travail de sape, de séduction, d'échange. Qui peut s'éterniser pendant des mois sans résultats garantis.

Depuis que je suis à nouveau en quête, j'ai énormément appris. Je découvre le monde de la finance, de l'entreprise, de la gestion. J'ai aussi eu l'occasion de naviguer avec d'autres équipes et leurs sponsors, de connaître de nouvelles personnes qui ont d'autres manières de travailler. Néanmoins, chercher un partenaire a aussi un coût. Il faut faire des dossiers, se déplacer, déjeuner. Tout l'argent que le Vendée m'a rapporté – prix, conférences et interventions compris – est consacré à cette quête. Tant bien que mal nous arrivons à dégager deux salaires, mais cette corne d'abondance ne pourra nous entretenir sans fin. D'ici à la fin 2010, il faudra trouver d'autres solutions.

J'ai bien conscience de la chance qui a été la mienne jusque-là. Comme je vous l'ai raconté, Andrew Cape m'a non seulement cédé son bateau pour la Mini mais il m'a recommandée en prime auprès de son sponsor qui avait, sans ciller, choisi de poursuivre l'aventure avec moi. Mon aventure en Figaro a, pour partie, été chapeautée par « Offshore Challenge », la structure très professionnelle mise en place par Mark Turner. Quant à Roxy, ce beau cadeau m'est tombé dessus sans que j'aie eu à faire beaucoup d'efforts. C'est Mark Turner, toujours lui, qui m'a mise sur la voie. Mais indirectement et au prix d'un incroyable malentendu. Jusque-là, Roxy travaillait avec Anne Liardet, une navigatrice française de très bon niveau. Lorsque j'ai été approchée, Mark n'y croyait pas trop. Il me voyait plutôt continuer avec un partenaire anglais. Après bien des atermoiements – et des maladresses – Roxy est revenu à la charge au détriment d'Anne, ce qui, sur le fond, était pour le moins cavalier. Je ne suis pas là pour juger, chacun a ses raisons, mais il est sûr que dans ce type de « transfert », il y a toujours une personne qui se sent, et qui est, lésée. Comble d'indélicatesse, on nous a proposé à toutes les deux de participer à une course en double sur le bateau appelé à changer de skipper comme pour illustrer un naturel passage de témoin. Sincèrement, je ne la sentais pas, cette histoire de course en duo. Je ne connaissais pas Anne. Elle ne me connaissait pas plus. Comment envisager une navigation sereine entre une fille qui va se faire débarquer et une autre qui s'apprête à prendre sa place ? Je sais que certains navigateurs sont capables de mentir, de partir sur une course avec un partenaire imposé. Moi, je ne peux pas.

C'est sur cette embrouille qu'a débuté mon partenariat avec Roxy. Heureusement oubliée dans la foulée. Depuis, j'ai appris à apprécier Anne. Nous avons même dîné ensemble quelques jours avant le départ du Vendée Globe. Elle avait préparé à manger pour toute mon équipe mais, par un heureux hasard, nous nous sommes retrouvées seules toutes les deux. Du coup, nous avons beaucoup discuté, parlé de la course et de mes inquiétudes. Je lui ai demandé si elle avait beaucoup pleuré durant son propre Vendée, quatre ans auparavant. Son sourire m'avait rassurée : « Ne t'inquiète pas. Fais-toi plaisir ! » Anne m'a expliqué quelle avait été son approche et combien elle s'était amusée durant son voyage. Je n'oublierai pas ce moment précieux que nous n'aurions jamais partagé si nous n'avions pas été franches l'une envers l'autre tout au long de cette curieuse histoire.

Chapitre 11

Une fille, une vraie

Durant mes premières années sur le circuit du championnat de France de course au large, je portais du rose à outrance, c'était presque caricatural. Je crois que je ressentais le besoin de marquer ma différence, d'échapper à cet univers ultramasculin, fait de vêtements lâches, passe-partout, toujours trop larges. C'était en quelque sorte un acte de résistance, une manière de dire : je suis une fille et, que cela plaise ou non, j'entends bien le rester. Je revendiquais ma féminité.

J'aime prendre soin de moi. Il m'est déjà arrivé de foncer dans un salon d'esthétique à l'arrivée d'une course pour faire une manucure et une beauté des pieds afin de réparer les ravages d'une traversée et assurer jusqu'au bout des ongles à la remise des prix programmée le soir même. Je ne vais quand même pas changer ma personnalité pour coller à l'idée que les gens se font d'un marin forcément rêche, râpeux, tanné comme une vieille peau ! Je suis comme je suis et je n'ai pas l'intention de travestir mon apparence, ma manière de parler ou encore de me comporter. J'ai toujours voulu être reconnue dans mon métier pour mes compétences. Le reste me regarde. S'il est vrai que je suis timide et que je n'aime pas me faire remarquer, je n'en ai pas moins du caractère et je ne sacrifierai jamais ce que je suis pour me faire accepter. C'est à l'autre de changer son regard. Il faut voir plus loin : plus loin que l'apparence, plus loin que l'image.

J'appartiens à une génération bénie. Je n'ai pas eu à me battre pour obtenir le droit de vote ou celui du contrôle des naissances. En cela je ne suis pas féministe. Je n'ai pas la fibre. Je ne me sens pas concernée. Je ne cherche pas à m'émanciper puisque je suis libre. Et je ne réclame pas un surplus de considération car je n'ai jamais été victime de discrimination. Je ne suis pas complètement naïve : je sais bien que des inégalités subsistent, mais pas dans mon monde, pas dans ma vie. Je ne fais pas de distinction : si j'ai le choix entre intégrer une femme ou un homme au sein de mon équipe, je choisis celui qui fait le meilleur travail, et j'espère n'être jamais influencée par des considérations de genre. Pour moi, homme ou femme, c'est du pareil au même. Nous avons tous deux bras et deux jambes et je n'espère aucun traitement de faveur. Je suis décontenancée lorsqu'un homme cherche à me délester de mon sac : j'ai tendance à m'accrocher à lui, comme si j'avais peur de me le faire piquer.

Je crois que c'est le milieu un peu étrange dans lequel j'évolue qui me rend aussi rétive à toute forme de galanterie. La voile est l'un des rares sports où les femmes peuvent rivaliser avec les hommes. Moi qui ai fait toute ma scolarité dans une école de filles, je suis une inconditionnelle de la mixité, et, en course au large, nous courons ensemble, les uns contre les autres, et il ne faut pas croire que les hommes sont disposés à nous faire des politesses !

Je n'ai jamais été victime de sexisme dans le monde de la course au large. Ce serait même tout le contraire. Je pourrais presque dire que j'ai expérimenté le sexisme... à rebours. C'est beaucoup plus facile pour moi de trouver un sponsor que pour un homme qui navigue au même niveau que moi. J'en ai conscience. Nous les filles, nous sommes des produits marketing. Les médias s'intéressent davantage à nous parce que nous sommes peu nombreuses et plus photogéniques que les garçons. Nous avons aussi les faveurs du public. C'est toujours impressionnant de voir une petite nana sur un gros bateau partir pour une course d'endurance comme le Vendée Globe et de suivre sa progression pour peu qu'elle assure un minimum.

Certes il est plus facile pour une fille de trouver un partenaire, mais ce n'est pas simple pour autant. Il ne suffit pas de se faire belle et de sourire. L'essentiel reste de bien naviguer. Et pas seulement sur mer ! Le sponsoring est un business. Je crois qu'il est important de garder à l'esprit que pour obtenir des financements, il faut être capable, à l'inverse, d'assurer un retour sur investissement. Pour fidéliser un sponsor, le convaincre de poursuivre son soutien de manière durable, il faut assurer la rentabilité du projet. Des filles qui naviguent comme des fers à repasser peuvent éventuellement « embobiner » un partenaire mais elles ne pourront pas le conserver, j'en suis persuadée.

Je sais que j'ai de la chance de faire partie aujourd'hui des quelques femmes qui évoluent dans le monde de la course au large – cela n'a pas été aussi évident pour les générations qui nous ont précédées –, mais je ne me sens pas coupable pour autant. Je me dis, au contraire, qu'il faut en profiter : pour pouvoir trouver des partenaires plus facilement, rien de tel que de démontrer sa valeur sur l'eau. Les autres navigateurs savent bien que je régate moi aussi au plus haut niveau et que je mérite tout ce qui m'est arrivé, personne ne m'a jamais accusée de trouver des partenaires simplement parce que je suis une femme. Je m'investis énormément dans tout ce que j'entreprends et je travaille très dur. Ce n'est pas comme si je n'avais jamais rien fait, que j'arrivais au départ d'une course les mains dans les poches et que je me contentais de monter, la bouche en cœur, sur mon bateau. Je ne vole rien à personne.

Rassurez-vous : cela ne m'a pas empêchée d'être prise, à l'une ou l'autre occasion, pour la blonde de service ! Avant le Vendée Globe, certains fournisseurs qui ne me connaissaient pas n'ont pas manqué de mettre les pieds dans le plat. Lorsque je leur posais une question, ils répondaient à mon préparateur. Dans ces cas-là, les gars de mon équipe technique s'interposent immédiatement : « Ce n'est pas à moi qu'il faut s'adresser, mais à Sam. C'est elle qui sera en mer et qui, en cas de problème, aura besoin de savoir comment réparer. » Les garçons de mon équipe m'ont toujours énormément soutenue. Quand je ne peux pas venir, ils prennent un maximum d'informations pour me les restituer ; si je suis présente, ils font en sorte que je les aie en direct. Je sais qu'il leur arrive de préciser en amont que je suis ingénieur en génie mécanique et que je suis donc en mesure de comprendre n'importe quelle explication technique, les charges, les forces, l'hydrométrie...

Mes interlocuteurs les plus sérieux s'en rendent compte rapidement et, passé la première impression – fille + blonde –, ils adorent venir me voir au bateau. Ils savent qu'ils doivent prévoir une heure de plus lorsqu'ils viennent pour une simple révision parce que je vais les bombarder de questions. Un exemple : la pompe électrique qui actionne le système hydraulique de ma quille pendulaire. J'ai demandé à pouvoir consulter le plan du circuit : un schéma relativement complexe, avec des tas de tuyaux et des raccordements dans tous les sens, un peu comme les lignes du métro parisien. J'ai besoin de comprendre. Cela me passionne. Et me rassure. Mes fournisseurs m'en savent gré. Ils fréquentent trop de navigateurs qui délèguent et qui ne reprennent directement contact qu'au moment de tirer la sonnette d'alarme. C'est frustrant de travailler dans de telles conditions.

Le fait que je sois une femme ajoute à nos relations. Mon statut intrigue. Une nana calée en électricité et en mécanique, ça décoiffe. Si j'étais un mec, tout le monde trouverait cela normal. D'ailleurs, je suis convaincue que si je me retrouvais un jour à quai en même temps qu'un gars avec un problème identique au sien, c'est moi qui serais dépannée la première. C'est quand même pas mal d'être une femme... Lorsque je vivais en Angleterre, et que j'avais besoin d'une pièce de rechange pour ma voiture, le gars de la casse sortait immédiatement de sa guérite pour m'aider à trouver ce que j'étais venue chercher. Ce n'est pas tous les jours qu'il devait voir une jeune nana blonde débouler sur son vélo, cramoisie après quatre heures de route !

C'est grâce à mon père que je suis devenue experte. Lorsque j'ai obtenu mon permis de conduire, il m'a donné sa vieille Ford Escort en me précisant que ses chances de rouler étaient minces sauf à démonter et remonter entièrement son moteur. Il m'a tendu le manuel de réparation du modèle – dans lequel sont répertoriées toutes les pièces jusqu'au moindre boulon – et m'a abandonnée à son atelier installé dans l'abri de notre jardin. J'ai passé toutes les vacances de Pâques les mains dans le cambouis, mais j'ai réussi. Je crois que mon père était un peu surpris : il n'imaginait pas que je toucherais au but si vite. Un peu plus tard j'ai hérité de sa Ford Capri dont le système de transmission – la courroie et l'hélice – a fini par tomber par terre. Puis sa Mondeo tuberculeuse : dès que j'accélérais, elle toussait ! Elle n'en est pas moins parvenue jusqu'en Bretagne où elle a connu une triste fin, écrasée contre une fosse sceptique par un tracteur !

Je dis souvent que je suis le fils que mon père n'a pas eu. Ingénieur comme lui, bricoleuse aussi. Je sais également que le couple que je forme avec Romain n'est pas très conventionnel. Nous sommes l'un comme l'autre navigateurs. Notre vie est une course en double. Je crois que, lorsque nous avons emménagé à Trégunc, nos voisins ne savaient pas trop quoi penser de nous. Non seulement je suis anglaise – ce qui, en soi, est déconcertant, pour ne pas dire suspect –, mais en prime, je ne suis jamais chez moi à attendre tranquillement mon homme, le repas préparé et la table dressée. Je ne suis pas une femme d'intérieur. Cela ne signifie pas pour autant que je sois dispensée des corvées ménagères. Il a fallu que je parte sur le Vendée Globe pour que Romain trouve le chemin de la machine à laver. Jusque-là, et il ne m'en voudra pas de dévoiler ce petit secret, ce n'était pas son occupation préférée…

Loin de moi l'idée de critiquer mon homme. Ce que j'aimerais souligner c'est que notre mode de fonctionnement ne correspond pas à la norme. Ce n'est pas forcément évident pour lui. Les gens sont habitués à ce que les hommes partent en mer et que les femmes restent à terre. Il arrive chez nous que ce soit l'inverse. Et ce n'est pas toujours simple. Même s'il était très content pour moi, Romain a eu un peu de mal à me voir partir sur le Vendée Globe, d'autant que lui-même n'avait pas trouvé de sponsor. Cette course, il en rêve depuis toujours. Cela ne représentait pas autant pour moi. Comme je l'ai déjà expliqué, j'ai grandi en Angleterre avec d'autres références. Je n'ai pas cherché à courir le Vendée Globe coûte que coûte. Une opportunité s'est présentée, je l'ai saisie. Nous n'étions pas en concurrence, puisqu'une marque de vêtements pour femmes n'aurait jamais sponsorisé un homme. Romain a néanmoins eu du mal à digérer que nous ne réussissions pas ensemble.

Sincèrement, il aurait mérité d'en être. C'est un marin formidable. Romain Attanasio – c'est son nom – a notamment remporté la course Cap-Istanbul en 2006 et a disputé à de nombreuses reprises la Solitaire du Figaro. Ça n'a pas suffi. Comme il ne manque pas d'humour, il a pris le parti d'en rire. Lorsque les journalistes le questionnaient sur ses craintes et ses attentes en amont du Vendée, il glissait, avec un sourire en coin, que la vie de « femme » de marin est un sacerdoce et qu'il allait en profiter pour inviter les compagnes des autres concurrents à prendre le thé. En fait, il a pris des cours pour passer son permis moto sans m'en parler !

L'été suivant, c'est moi qui suis restée à la maison pendant qu'il disputait le Figaro. Chacun son tour. Le jour où nous aurons un enfant, le plus compliqué sera de trouver le bon timing autour des courses. Nous en parlons. Cela se calcule. Comme les Jeux olympiques, le Vendée Globe se dispute tous les quatre ans. Je ne pense pas que les femmes de ma génération soient obligées de choisir entre la mer et la maternité. Bon nombre de mes amies navigatrices ont eu des enfants, et si certaines ont mis un terme à leur carrière, d'autres n'ont pas renoncé à courir. Je pense à mon amie Jeanne Grégoire qui, moins d'un an après son accouchement, a terminé deuxième de la Transat AG2R. Shirley Robertson a eu des jumeaux en juin 2007. Trois mois plus tard, elle avait déménagé à Majorque avec les parents de son mari, ses enfants et une personne pour s'occuper de ses bébés à temps plein. Elle a raté sa sélection pour les Jeux de Pékin mais n'a pas dit son dernier mot : elle espère bien être à Londres en 2012 au moment où, moi-même, je me préparerai à partir une nouvelle fois sur le Vendée Globe.

Le soleil qui ruisselle sur le chêne clair me chatouille les orteils tandis que les chats somnolent, vautrés dans une flaque de lumière : une certaine image du bonheur. Lorsque je suis chez moi, je viens souvent m'asseoir près de l'ancienne cheminée en pierre sur un tabouret de bar, comme en apesanteur, pour pianoter un peu sur mon ordinateur portable tout en regardant, de temps à autre, le jardin. Par la fenêtre, j'entrevois mes arbres et une grande table en bois. J'aime ces murs de pierres épaisses et rugueuses. C'est une maison solide, adossée à un rocher. Elle n'est pas immense mais ouverte et chaleureuse. L'hiver, je me vautre plus volontiers dans un des canapés crème face au feu qui crépite. Dehors, le vent tourmente les branches dans un ciel ardoise. La mer, invisible et silencieuse, n'est pas bien loin, au bout d'un chemin que j'emprunte souvent pour aller courir.

Je vis à Trégunc, dans le Finistère, une petite ville de moins de 7 000 habitants, qui s'étire le long de la côte sur une vingtaine de kilomètres entre Pont-Aven et Concarneau. Romain et moi avons acheté notre maison il y a cinq ans. Nous l'avons retapée avec des copains au gré de nos temps libres, vous vous en doutez, pas très nombreux. Les travaux d'Hercule se sont éternisés pendant neuf mois. Tour à tour nous avons redonné vie aux belles pierres, passé une couche de crépi, cassé le carrelage, posé du parquet, dressé un escalier en bois… C'est aujourd'hui notre havre, notre pied-à-terre, où nous aimons nous retrouver, même si nous ne faisons, bien souvent, que nous y croiser. Dès que nous avons nos plannings, le jeu consiste à superposer nos emplois du temps – courses, chantier, rendez-vous – et à déterminer les quelques jours « vierges » qui subsistent et qui feront notre bonheur le moment venu.

Si je fais le compte, entre la préparation pour le Vendée Globe, la recherche de sponsor depuis mon retour, les relations publiques, les courses, j'ai vécu entre le début 2009 et la fin 2010, tout au plus, une grosse dizaine de mois dans ma maison bretonne. Je pousse toujours la porte d'entrée avec un soupir de soulagement. C'est important de pouvoir s'amarrer et de se poser un peu. La vie de navigateur ressemble par moments à celle d'un représentant de commerce. Je sais que je n'ai pas le droit de me plaindre, mais la routine a parfois raison du plaisir. Au contraire, il me semble que les occupations les plus anodines peuvent prendre un caractère exceptionnel pour peu qu'elles sortent de l'ordinaire. Ce que je préfère le plus au monde, c'est savourer un petit plat à la maison ou buller sur le canapé en regardant la télévision. Sans doute parce que je n'en ai pas souvent l'occasion.

S'il est vrai que choisir, c'est renoncer, la composition de mon paquetage relève de la frustration pure et simple. Je n'emporte avec moi que le strict nécessaire : ni baumes ni crèmes mais ma brosse à dents, mon iPhone – je suis devenue accro –, mon ordinateur portable, le carnet qui me suit jusque sur ma table de nuit pour noter tout ce que j'ai à faire et sans lequel je ne pourrais pas trouver le sommeil, quelques vêtements et une paire de baskets pour courir.

Parfois il m'arrive d'avoir l'impression de vivre dans un sac ! C'est sans doute la raison pour laquelle j'ai une certaine propension à m'étaler quand je retrouve ma maison. Je compense et savoure les trois fois rien du quotidien comme autant de plaisirs minuscules : retrouver mon matelas, dormir dans mes draps, m'alanguir dans la baignoire, poser un masque hydratant sur mes cheveux, tartiner mon visage de crèmes. Le problème, c'est que ma salle de bains est pathétique, puisque je n'achète quasiment plus que des cosmétiques en format miniature plus faciles à transporter et à perdre. Mon rêve : des produits de beauté XXL, larges flacons de sels de bain, grandes bouteilles de shampooing, grosses bombonnes de parfum…

Chapitre 12

Dans la vallée des Fous

« Mais pourquoi n'es-tu pas une petite amie normale, qui reste à la maison, fait du shopping le samedi et parle de maquillage ?! » Romain est hilare, agrippé à la barre, pendant que *Skandia* tape sur les vagues comme un marteau-piqueur sur l'asphalte. Notre escapade vire au cauchemar. Nous sommes en janvier 2004. Mon *french lover* m'a gentiment proposé de m'aider à ramener en France mon bateau qui était en chantier en Angleterre. D'ici quelques jours débute mon premier entraînement de la saison au Centre national de Port-la-Forêt, où je viens d'être admise. Romain se doutait bien que la traversée de la Manche à cette époque de l'année ne serait pas une partie de plaisir.

Lorsque nous avons quitté Southampton, une petite dépression était prévue. Rien de bien méchant : 50 à 70 kilomètres-heure de vent durant quelques heures. Je n'ai pas envie de prendre du retard. Romain non plus d'ailleurs. Lui-même se prépare au Pôle France depuis quatre ans. Il est plus jeune que moi mais accuse une sacrée expérience. Nous nous connaissons depuis un an et vivons ensemble depuis quelques mois seulement. C'est un garçon étonnant, doté d'une détermination hors du commun. Son parcours n'est pas ordinaire. Elevé à la montagne, formé en sport études, il s'est installé un jour en Bretagne, à La Trinité-sur-mer, dans une caravane sans eau ni électricité, dans l'espoir de trouver un sponsor. Je trouve ça gonflé et extrêmement courageux.

Le vent ne cesse de monter. A la radio, un communiqué spécial nous apprend que la dépression s'est considérablement creusée. Nous prenons un vent mesuré à plus de 110 kilomètres-heure en pleine face. Je n'ai jamais vu des conditions pareilles en Manche. *Skandia* titube tel un bateau blessé, la grand-voile est déchirée. Contraints, nous décidons d'improviser une escale à Guernesey où nous pourrons nous abriter. Je suis ravie : cela me rappelle les vacances de mon enfance sur le bateau de mes parents et les changements de mouillage impromptus en pleine nuit.

Il est quatre heures du matin lorsque nous atteignons l'île. *Skandia* est protégé, mais, faute d'annexe, nous ne pouvons pas descendre à terre pour autant. Romain est trempé jusqu'à la moelle : son ciré n'est pas étanche. J'insiste pour lui laisser le sac de couchage que j'ai trouvé roulé au fond de mon bateau. Moi, j'ai des fringues de rechange, je dormirai bien au chaud dans ma polaire. J'allume le réchaud pour nous préparer de quoi manger. L'explosion qui suit nous scotche pour de bon ! Avant de finir en brochettes grillées, je coupe tout, consciente que le tuyau d'alimentation a dû se désolidariser pendant la tempête. Nous avons eu chaud mais nous allons manger froid. Je réprime un fou rire. Je ne déteste pas accumuler les galères. L'aventure est souvent à ce prix. Et quand on est deux c'est encore plus drôle.

Le lendemain matin, le capitaine du port, qui est venu nous accueillir, nous ramène à terre avec son petit bateau à moteur. J'invite Romain à déjeuner pour le remercier de m'avoir épaulée. Un rosbif plus tard, le vent a molli pour de bon. De retour au bateau, nous rafistolons la voile déchirée en apposant sur les accrocs des bandes autocollantes qui devaient servir à décorer le bateau. Puis nous reprenons la mer. Peinards. Jusqu'à ce que nous arrivions à la pointe du Raz. Là, changement de régime : plus un souffle à l'horizon ! Et plus de gasoil non plus !

Pendant quatre heures, nous progressons... en marche arrière. Lorsque nous parvenons enfin à rejoindre Port-la-Forêt, nous sommes déjà mardi – le jour du début du stage –, il est 2 heures du matin, et le thermomètre affiche – 5 °C. Nous sautons sur le quai pour amarrer *Skandia* mais le ponton est entièrement recouvert de verglas. Nouvel éclat de rire au gré d'une séance de patinage artistique pour le moins improvisée. Sincèrement, c'est génial de pouvoir partager des moments pareils !

Deux ans plus tôt, jamais je n'aurais imaginé une seconde me retrouver ici, en Bretagne, à deux pas de la Forêt-Fouesnant, avec un petit ami français, dans un pôle d'une telle compétence. A l'époque, je ne connaissais même pas l'existence de ce lieu mystique baptisé « vallée des Fous » pour ce qu'il rassemble de professeurs Nimbus, Géo Trouvetout et autres crânes d'œuf de la voile de compétition. Une sorte de « Cambridge de la course au large » qui, à sa manière, a révolutionné les habitudes du milieu. Longtemps les meilleurs marins français se sont préparés de manière empirique. En embarquant comme simples équipiers et en se frottant à des skippers simplement plus doués et expérimentés susceptibles d'améliorer, chemin faisant, leur tour de main, leur savoir théorique et leur sens de la course. Une formation sur le tas souvent profitable, mais qui au fil des années s'est révélée insuffisante. Quelques anciens – Olivier de Kersauson le premier – préconisent toujours cette méthode. Celle du flair et de l'instinct. D'autres, plus nombreux, estiment que la navigation est devenue à ce point compliquée – scientifique, estiment même certains – qu'elle nécessite d'autres savoirs que seuls des ultraspécialistes sont capables de dispenser. La vallée des Fous regorge de phénomènes de cette trempe et le Centre national plus encore. Ici sont formés les futurs « Top Gun » de la voile hauturière française. Lors de ma première saison en Figaro, j'avais remarqué qu'une quinzaine de skippers naviguaient un cran au-dessus. Tous étaient issus de ou en liaison avec cette institution. A force de les observer, j'ai remarqué qu'ils disposaient, sans exception, d'un volumineux bagage, surtout dans le domaine météorologique. Je me suis renseignée sur leur centre et j'ai compris qu'il pouvait accueillir une vingtaine de sportifs de haut niveau en formation initiale, principalement en Figaro.

Si ces skippers étaient les meilleurs, cela ne devait rien au hasard. D'autres écoles étaient en train de voir le jour : le Centre méditerranéen de La Grande Motte en particulier. Je me suis convaincue sans peine : je n'aurais de chance de progresser que si j'acceptais de sortir de mon cercle fermé. Inutile de rester dans mon coin, ce dont j'avais besoin c'était d'un échange, d'un enseignement, d'une stimulation. Quitte à venir m'installer en France, quitte à surmonter la barrière d'une langue dont je ne parlais, honnêtement, pas un traître mot. En l'espace d'une matinée, je me suis annoncée et j'ai payé ma cotisation. Sans trop d'illusions cependant. Pourquoi un centre labellisé Pôle France, financé essentiellement par des deniers publics, soutenu, en particulier, par le ministère des Sports français, accepterait-il dans ses rangs une petite Anglaise sans statut ni qualification particulière ?

Je pense que mon dossier a été accepté en grande partie parce que mon projet était adossé à un sponsor crédible, fidèle, qui venait précisément de prolonger mon contrat pour une saison supplémentaire. Contrairement à ce que je pensais, la Commission d'intégration semble avoir considéré que ma nationalité anglaise était une valeur ajoutée, un moyen de faire valoir le savoir-faire du Pôle au-delà de l'hexagone, une bonne publicité en somme. Je suis fière d'avoir été admise. Au départ, j'avais prévu de louer une chambre pendant les mois d'entraînement, mais Romain m'a gentiment proposé d'emménager chez lui. Inutile de dépenser deux loyers lorsque l'on a décidé de s'engager par ailleurs…

Romain connaît parfaitement le centre. Il m'a expliqué son fonctionnement, de quelle manière se déroulent les entraînements, quelles sont les règles. Il m'a surtout parlé de la philosophie ambiante, basée sur une culture de participation. C'est ce qui m'a marquée et m'impressionne le plus : les entraîneurs réussissent à gérer un groupe d'adversaires potentiels ; à faire en sorte qu'ils soient tous à l'heure ; à les inviter à coopérer ; à ce que chacun révèle ses réglages en acceptant l'idée que d'autres puissent en bénéficier.

Je confirme : à Port-la-Forêt, tout le monde arrive à travailler ensemble. Dans notre classe, l'ambiance est vraiment géniale. Nous sommes jeunes. Nous débutons. Nous partageons avec d'autant plus d'évidence que nous ignorons beaucoup de choses. Je connais la plupart des autres skippers pour les avoir croisés sur le circuit un an plus tôt. Pour mon premier jour de stage, j'ai même navigué en double avec une fille qui était venue faire des essais sur *Maiden II* : Karine Fauconnier. Je me souviens que nous l'avions enfermée sans faire exprès dans le bateau. Et ce n'est que le soir, au moment de boucler le container, que l'une d'entre nous s'est inquiétée : « Mais au fait, où est passée Karine ?

— Elle était là ce midi. Elle a déjeuné avec nous.

— Je pense qu'elle est allée faire des courses.

— Ce n'est pas son sac à main qui est là ?

— Elle doit être dans le coin. Vous êtes sûres qu'elle n'est pas dans le bateau ?

— Je n'ai pas regardé derrière les bannettes… »

En fait, après le déjeuner, la malheureuse s'était calée derrière une couchette et s'était endormie !

Au centre, j'ai aussi retrouvé l'inévitable Jeanne Grégoire, rencontrée à La Rochelle, en marge de la National Mini, en 2000. Nous sommes devenues inséparables. Heureusement qu'elle est là. Jeanne me sert souvent d'interprète. Il faut dire que mon niveau de français laisse encore à désirer malgré mes efforts acharnés. Je me sens un peu perdue lorsque les entraîneurs nous donnent des instructions. Ils parlent tellement vite que, la plupart du temps, je ne comprends rien. Sur le plan d'eau, les bouées, qui matérialisent les points de passage, ont toutes des noms bretons. Autant dire que lorsque le coach annonce à toute vitesse le parcours du jour à la radio avec du vent dans le micro, je suis complètement larguée !

Chaque matin, au moment d'embarquer toute seule sur mon bateau, je me dis : « Pourvu que je comprenne quelque chose aujourd'hui. J'espère au moins que je ne vais pas me perdre. » En même temps, je sais bien que ce n'est pas si grave si j'ignore où je vais, dans la mesure où je ne risque guère de me retrouver devant : je fais encore partie du groupe des retardataires qui ramassent les bouées et j'aurai toujours un bateau devant moi pour me montrer le chemin. Je m'en sors en suivant les autres, et personne ne s'est encore rendu compte du subterfuge. Nous avons aussi pas mal de cours théoriques et de stages techniques. Michel Desjoyeaux, qui a déjà gagné à deux reprises le Figaro et vient de remporter un premier Vendée Globe, nous emmène par petits groupes de cinq ou six pour un cours collectif en mer : il nous montre comment régler à la perfection notre pilote automatique et nous délivre quelques-uns de ses secrets. Nous apprenons aussi à bien régler un mât, de manière à augmenter ou réduire la puissance de la voile.

A Port-la-Forêt, nous avons même des stages de communication ! En France, quelle que soit la course, n'importe quel concurrent est susceptible d'être interviewé, le dernier y compris. Des professionnels viennent nous apprendre à nous exprimer, lors d'une remise de prix par exemple, ou encore à structurer une présentation. Sans sponsor, pas de projet. Nos partenaires ne sont pas des philanthropes. Nous devons leur assurer une contrepartie. De nos jours, ne pas savoir communiquer est une faute professionnelle. A l'ère du numérique, nous avons des tas d'outils à notre disposition. A nous de savoir nous en servir. Faire de la photo à bord d'un bateau – ou pire, de la vidéo –, cela ne s'improvise pas. L'exercice, surtout lorsque la mer est démontée, n'est pas de tout repos.

Le centre est un peu devenu ma deuxième maison. J'y retourne régulièrement. Pour le plaisir, mais surtout pour parfaire mes connaissances. En amont de mon Vendée, j'y ai fait un séjour prolongé. Compte tenu de mon nouvel engin – deux fois plus long qu'un Figaro –, la moindre des précautions était d'ajouter quelques cordes à mon arc. Deux années de préparation intensive ne furent pas superflues pour prévenir ma longue, très longue balade en solitaire. Au programme : entraînement sur l'eau, cours de météorologie, formation médicale, stage de sécurité, etc.

Ma première journée prend des allures de rentrée des classes. Va pour une première séance de météo : le cours le plus suivi par les skippers. Je me suis faite toute petite, tassée au fond de la classe, personne ne me remarque. Devant moi, le gratin de la voile française : Michel Desjoyeaux, Jean Le Cam, Roland Jourdain, Vincent Riou. J'ai du mal à réaliser. Imaginez un tennisman de niveau national se retrouvant sur les mêmes bancs d'école que Rafael Nadal, Roger Federer ou Andy Murray. Je suis comme une gosse. Les yeux écarquillés et les oreilles grandes ouvertes. Chacune des interventions me passionne. J'observe mes voisins lever la main comme de bons élèves. Ils ont tous des questions pointues à poser et une foule d'anecdotes à raconter. Les informations s'accumulent. Empannage, virement de bord : tout y passe. Je n'ose intervenir. J'ai peur du ridicule. Du coup, j'en redemande. Et réclame des heures supplémentaires. Jean-Yves Bernot, un amour de météorologue et de pédagogue, est toujours là pour m'aider. Je le retrouve régulièrement pour quelques cours de soutien supplémentaires. Ma copine Jeanne est aussi de la partie. Elle ne me quitte plus. Entre nous deux c'est l'entente parfaite. Nous nous épaulons, nous nous stimulons. C'est décidé : Jeanne sera ma coskipper sur *Roxy* dès qu'il me sera donné l'opportunité de disputer des compétitions en double... J'ai tout à apprendre et rien à cacher. Moi seule dispose d'un bateau « d'occasion » : l'ancien *PRB* de Michel Desjoyeaux et Vincent Riou, deux fois victorieux du Vendée en 2001 et 2005. Un bateau compétitif certes, mais forcément un peu dépassé. Les progrès sont tels depuis une dizaine d'années que le degré d'obsolescence des machines, même les plus « up to date », ne cesse d'augmenter. Pour chaque nouvelle course, les potentiels vainqueurs font construire de nouveaux voiliers. Cela suppose des investissements considérables et une prise de risque constante. Un bateau n'est pas toujours bien né. Question de dessin, de construction, d'assemblage. Tous ces ingrédients doivent concorder pour aboutir à un résultat probant. Sans compter les financements conséquents qu'il faut souscrire pour acquérir les matériaux les plus avancés, les instruments les plus modernes.

Les concurrents qui ont la chance de profiter de monocoques dernière génération ne me considèrent pas comme une adversaire. Puisque je ne représente pas un danger « objectif », ils se confient plus volontiers, ce qui est inhabituel : en monocoque de 60 pieds, la suspicion est focément de mise dans la mesure où les bateaux ne sont pas identiques. La jauge (le règlement) impose certains critères (longueur de coque, hauteur de mât, etc.), mais laisse libre cours à l'imagination des architectes pour s'aventurer au gré d'autres éléments non contraints (poids, surface de voilure, etc.). Chacun a ses recettes, ses secrets, sa manière de faire. Une version nautique du « rubik's cube » qui suppose que si vous modifiez un paramètre (la largeur du voilier par exemple), dix ou vingt autres doivent être bousculés par la même occasion. Vous pensez bien qu'en pareil contexte, ils ne sont pas pressés de divulguer leurs trouvailles, ceux qui, précisément, sont parvenus à apprivoiser l'enchevêtrement savant de leurs cogitations ! En matière de course au large, comme dans le cadre de bien d'autres activités mécaniques, la culture du secret est de règle.

Le paradoxe m'amuse. J'observe leur manège pour tenter de cacher ce que tous les autres aimeraient voir. Un habitué des lieux navigue à l'entraînement avec ses ballasts – réservoirs d'eau qui, plus ou moins remplis, dictent la gîte du voilier – pleins à ras bord, de manière à ralentir son bateau : une façon de masquer le pourquoi et le comment de l'orientation et du réglage de ses voiles. D'autres, lorsque l'entraîneur les interroge sur la configuration qu'ils adoptent, donnent à chaque voile des codes plus ou moins abscons pour que personne ne comprenne ce qu'ils manigancent.

Les sorties sur l'eau ne sont pas des promenades de santé. D'ailleurs, le Pôle Finistère fait régulièrement appel à des entraîneurs extérieurs pour renforcer l'encadrement : nous allons tellement vite sur nos bolides que les zodiacs ne parviennent pas à nous suivre. Notre préparation est intense. Avec le développement d'outils de plus en plus performants, les prévisions météorologiques ont, par exemple, évolué de manière diabolique. Manœuvrer en mer revient souvent à jouer une partie d'échecs à l'échelle d'un océan.

Pour courir autour du monde, le sens marin demeure indispensable mais énormément d'autres paramètres entrent en jeu. A Port-la-Forêt, les stages de mécanique tournent au casse-tête. Les mécanos nous invitent à faire connaissance avec le moindre élément de nos moteurs – nécessaires à notre alimentation électrique – et plus encore avec les façons de les réparer ou de les remplacer. Les stages de sécurité sont dispensés par Thierry Dubois, ancien skipper d'*Amnesty International*, repêché au plus loin de l'océan Indien lors du Vendée Globe 1996. Le Dr Laure Jacolot, urgentiste à Quimper, nous apprend à nous autosuturer. Pas si simple. La preuve : l'un d'entre nous a tourné de l'œil !

Le bateau doit être au top. Mais le skipper aussi. Rien ne doit être laissé au hasard : gestion du sommeil, alimentation, préparation physique. Je partage un coach avec Vincent Riou, Jérémie Beyou et Armel Le Cléac'h. A quatre – à cinq, puisque Jeanne s'est également jointe au groupe –, l'amortissement de ce poste supplémentaire est moindre. Bernard Jaouen est un ancien triathlète, ex-pensionnaire de l'Institut national du sport et de l'éducation physique (Insep), la Mecque du haut niveau en France. C'est un passionné de voile qui appréhende parfaitement nos besoins. Il insiste en particulier sur l'équilibre et le gainage des muscles, du dos notamment, de manière à prévenir les blessures. Pour reproduire les efforts que nous fournissons en mer, il a trouvé des exercices réjouissants : déplacer une bouée de 20 kilos à moitié remplie d'eau, aussi déstabilisant que le transport de voiles détrempées et incorrectement pliées, ou actionner les pédales d'un vélo suspendu à l'envers, comparable aux « moulins à café » utilisés à bord de nos bateaux pour accélérer nos manœuvres. Avec des pointes à 195 pulsations-minute, je vous assure que la balade décoiffe !

Par la force des choses Vincent (Riou) et Michel (Desjoyeaux) sont mes deux interlocuteurs privilégiés. Ils connaissent mon bateau dans le moindre de ses détails et ne sont jamais avares de confidences. J'hésite à les contacter directement. La salle de musculation est un bon endroit pour discuter avec Vincent. Il est, paraît-il, d'un naturel taiseux. Il ne s'épanche guère dans la presse ou à la télévision. Mais je dois dire qu'avec moi, il a toujours été efficace et précis. Le texto fonctionne mieux avec Michel. Il me répond toujours instantanément, pourtant Dieu sait s'il est sollicité. Il est à Port-la-Forêt un peu comme à la maison. Son père Henri a fait partie des fondateurs des Glénans, la célèbre école de dériveurs lancée juste après la Seconde Guerre par des animateurs issus de la Résistance. Sa maman, May, a également beaucoup navigué dans sa jeunesse. Un bien joli pedigree dont Michel (comme son frère Hubert) a su tirer avantage. Il n'est pas surnommé le « prof » par hasard. Né à Corcarneau, à deux pas d'ici, il a grandement contribué à la réputation de l'endroit. Rien ne lui échappe en matière de nouveauté. Il est au courant de tout. A tout expérimenté. Mais ne cesse de s'entraîner pour autant. Je crois qu'il m'aime bien parce que nous avons tous les deux une approche d'ingénieur. Je ne suis pas une navigatrice qui se contente de monter sur un bateau et attend de lui qu'il résolve tous les problèmes qui se posent. J'aime bien m'occuper de toute la partie technique, de la mécanique, de l'électronique. Je ne supporte pas de ne pas connaître le « mode d'emploi ». Je suis curieuse du moindre mécanisme, de la plus petite diode, même si, rassurez-vous, j'apprécie aussi les couchers de soleil et les vols d'albatros.

Pour parfaire encore ma préparation, j'ai engagé un « speed coach » personnel : Tanguy Leglatin, qui avait déjà bossé sur *Roxy* avec Anne Liardet avant que je ne la remplace et qui s'occupe aussi de ma compatriote Dee Caffari, l'autre femme skipper – avec moi – du Vendée Globe 2008. Avec lui je m'améliore en vitesse sur l'eau. Difficile de trouver plus zen. C'est qu'il en faut de la sérénité pour multiplier les sorties en plein hiver avec 30 nœuds au près ! Tanguy n'a rien d'un préparateur mental mais nous évoquons souvent ensemble les problèmes de gestion de stress et de contrôle des sensations. Le tout lié aux aléas de la fatigue, aux pertes de repères et j'en passe…

Avec Tanguy, nous nous sommes rendu compte que le jour du départ génère en moi un « bouillonnement » négatif. A dire vrai, cette perspective me fait complètement flipper. Un bon départ est primordial. Pour le moral d'abord. Imaginez une rampe de lancement inadéquate. Pas l'idéal pour mettre en confiance les pilotes de la fusée qui l'empreintent ! Lorsque je serai aux Sables d'Olonne, avec tous les concurrents, j'organiserai une répétition générale avec mon équipe. Un entraînement « départ de course » au cours duquel tout le monde devra faire comme si. Nous reproduirons le déroulé de la journée : carénage du bateau, préparation des voiles, etc. Cela nous permettra d'anticiper le moindre détail du processus : qui sera dans le zodiac, qui restera sur le bateau jusqu'à la ligne de départ, etc. Erwan s'inquiète un peu parce que *Roxy* sortira parmi les derniers ; la marée sera descendante. Je n'aurai pas droit à l'erreur !

Chapitre 13
Chef de cordée

Pointe-à-Pitre, novembre 2006. Le Vendée est encore un rêve. Ma préparation avance bon train. Mais il est temps que je me fasse la main sur mon nouveau bateau. Le clin d'œil me plaît : nous avons collé un autocollant « A », comme « apprenti conducteur » sur l'arrière de *Roxy*, et j'ai entamé une tournée des pontons pour prévenir les autres équipages sur le point de regagner la France : « Si vous apercevez mon bateau rose, gardez vos distances : une débutante est à la barre ! »

Anne Liardet m'a remis les clés. Elle a fait le voyage aller dans le cadre de la Route du Rhum, sa dernière course avec mon nouveau sponsor. Je prends la relève. Elle m'a gentiment offert l'opportunité de faire ce convoyage – une traversée hors course – pour prendre toute la mesure de ce monocoque de 18 mètres. Deux semaines de navigation en configuration solo avec, à mon bord, deux techniciens qui connaissent parfaitement bien mon 60 pieds : Arnaud Vasseur, alias Chouchou, préparateur en chef, qui ne restera pas dans l'équipe car il a décidé de se lancer lui-même dans la carrière, et Guillaume Helfer, surnommé Couscous en référence au personnage de *Podium* – le sosie de Michel Polnareff dans le film –, plus spécialement versé dans les problèmes de structures et de stratification.

Lorsque vous partez sur une traversée avec des hommes que vous connaissez à peine, vous ne savez jamais vraiment à quoi vous attendre ni dans quoi vous vous embarquez. Je découvre deux jeunes gens adorables, attentionnés et très ordonnés. Ils ne laissent pas traîner la moindre chaussette. C'est un bon point. Je leur ai expliqué que je tenais à naviguer comme si j'étais seule à bord, qu'il n'était pas question de me donner un coup de main, même pour les manœuvres les plus physiques ou les plus délicates. Je suis là pour apprendre. Ils ne doivent toucher à rien… hormis au liquide vaisselle ou à la caméra. En planchant plus tard sur leurs vidéos, je pense que je pourrai encore améliorer mes automatismes.

Pendant la Route du Rhum, Anne a accumulé de sérieux problèmes électroniques. Je me dis que c'est l'occasion de faire des travaux pratiques : trouver d'où vient la panne, et réparer. Cela va me permettre de me familiariser avec le système du bord et me donner l'occasion de potasser un peu plus mes connaissances. Le pilote automatique a des ratés. Les instruments de bord coupent en permanence. Un front froid arrive. J'ai besoin de surveiller la vitesse et la direction du vent, car il doit encore forcir et une grosse bascule est prévue, ce qui devient problématique lorsque les informations ne vous parviennent que par intermittence.

J'appuie sur la touche « RESET » pour réinitialiser les instruments. Ils se rallument, avant de s'éteindre définitivement ! Je n'ai plus que le cap du bateau sur le pilote de secours. Le souffle dans mon cou ne me trompe pas : le front froid arrive. J'ai juste le temps de rouler la voile d'avant. L'air glacé s'installe. En braquant ma lampe-torche en tête de mât, je constate que l'anémomètre a fait un demi-tour sur lui-même. *Roxy* se cabre. Empanne. J'ai à peine le temps de me baisser : la bôme – cette poutre articulée sur laquelle coulisse la partie inférieure de la grand-voile – balaie l'espace en menaçant de m'éborgner ! Je peine à contrôler le bateau. Les deux garçons éjectés de leurs bannettes sont étalés dans le carré. *Roxy* est en vrac, couché sur le flanc. Je suis néanmoins sereine. Et c'est la meilleure nouvelle du moment : n'ignorant pas que mon beau monocoque a déjà bouclé deux tours du monde sans encombre, je passe outre ces désagréments. Je suis même explosée de rire quand Chouchou et Couscous émergent du cockpit : « Ne vous inquiétez pas, les gars. Ce n'est rien. Puisque je suis la seule en tenue décente, je vais remettre le bateau à plat ! »

Durant deux semaines, nous avons traversé pas mal de gros temps et autant de péripéties diverses. Le bateau s'est souvent retrouvé en vrac au milieu de l'océan comme un bouchon de liège dans une marmite en ébullition. Une nuit, en arrivant dans le golfe de Gascogne, au bout de notre périple, j'ai une nouvelle fois couché *Roxy*, au point de rentrer le mât dans l'eau. Autant dire que tout ce qui se trouvait à l'intérieur a valsé. Une fois de plus mes deux gars ont été sacrément secoués. Ils doivent s'imaginer que je cherche vraiment à les écœurer.

Vous apprenez surtout de vos erreurs et des problèmes que vous rencontrez. J'ai vraiment tiré un maximum d'enseignements de ma première traversée à la barre de *Roxy*. Maintenant que nous sommes rentrés, je me rends compte que ma principale erreur a été de me montrer trop prudente. J'ai eu peur de la vitesse. Dans les grosses tempêtes, il ne faut surtout pas ralentir. C'est un peu comme freiner en plein virage : vous risquez de vous retrouver dans le décor. Cette traversée m'a aussi permis de mieux faire connaissance avec mes deux acolytes. J'appréhendais un peu : ils ne m'avaient pas choisie et j'ignorais comment j'allais être accueillie. Je me rappelle combien j'avais été mortifiée lorsque le précédent responsable technique du bateau m'avait arraché la barre des mains la première fois que je suis venue à bord, invitée par Anne pour une navigation sans importance. J'ai bien vu que ce gars, que je connaissais pourtant bien, n'avait pas confiance en moi.

Je ne l'ai pas gardé dans l'équipe. Ce n'était pas une décision facile à prendre, encore moins à annoncer, mais je ne pouvais pas faire autrement. Je suis une compétitrice, et, même si je suis d'une nature conciliante, je ne fais pas de compromis ni de sentiment lorsqu'il est question de performance et de sécurité. J'ai besoin de bosser dans un climat de sincérité. Erwan Lemeilleur – le témoin de ma collision avec le nuage de flamants roses – a pris sa place. C'est un perfectionniste. Un pur et dur. Je voudrais échanger avec lui le restant de ma vie. Je l'ai déjà côtoyé à plusieurs reprises. Du temps du team Offshore Challenge, la structure dirigée par Mark Turner et Ellen MacArthur, où j'étais parvenue à « négocier » son salaire. Mais aussi du temps de mes campagnes en Figaro où il était devenu mon préparateur attitré. Nous étions faits pour nous revoir. Un jour, je lui avais dit en rigolant : « Lorsque j'aurai un plus gros bateau – car j'étais sûre d'en avoir un ! – j'aimerais que tu viennes définitivement travailler avec moi. Parce que je ne peux plus rien faire sans toi. » Dès les pourparlers avec Roxy entamés, j'ai naturellement repensé à lui.

« Erwan, j'ai une proposition pour toi...

— On se voit quand tu veux. Mais là, je suis à Saint-Malo avec le trimaran d'Ellen (MacArthur) pour une opération de relations publiques avec le sponsor.

— Je saute dans la voiture. Je te retrouve en ville ce soir et on va boire une bière. Je te fais signe une fois sur place. »

J'aurais pu me rendre directement au bateau mais je me suis dit qu'il était préférable de ne pas me montrer. J'ai quitté la structure dirigée par Mark et je préfère que les membres de l'équipe ne me voient pas avec Erwan. Je suis quand même en train de piquer un de leurs gars ! Trois heures plus tard, je suis sur place. La voix d'Erwan au téléphone ne me dit rien qui vaille : « J'ai un petit problème. Je suis à l'hôpital. Je suis tombé de la bôme et je me suis cassé le bras sur un winch. Dis-moi où tu es. Je te rejoins dès que je sors de là. » Dans la soirée, je le vois débarquer, le bras dans le plâtre, dans le restaurant touristique que nous avons choisi pour brouiller un peu plus les pistes. L'affaire n'a pas traîné. Je n'avais pas fini de couper son steak qu'il m'avait déjà dit oui. Erwan a toujours un coup d'avance. Il planifie et prévoit tout. Ses interlocuteurs – les fournisseurs en particulier – ont parfois du mal à suivre. Les échéances sont prises tellement en amont que certains perdent le fil des priorités. « Leave well alone », disent les Anglais. « Le mieux est l'ennemi du bien », surenchérissent les Français. Plus d'une fois, Erwan a pété les plombs ! En cas de gros coups de *speed*, Thierry Sabin, alias Titi, l'un de ses adjoints, nous est très utile. Ce gentil bonhomme, tout sourires, sempiternellement d'humeur agréable, est un peu notre maître zen. Et un véritable magicien en prime : capable de tout réparer, échanger, modifier en un minimum de temps et avec un maximum d'efficacité. Plus performant que MacGyver « himself » ! C'est à lui que je dois mon « armoire chauffante » reliée au bloc moteur et agrémentée qui plus est d'un manchon flexible.

Grâce à ce bidouillage, non seulement je pourrai sécher mes tenues dans le Grand Sud, mais aussi m'offrir quelques délicieux brushings au plus fort des Quarantièmes !

J'énumère beaucoup de noms et de fonctions, mais au final nous sommes deux fois moins nombreux que dans les grosses écuries, ce qui nous oblige à faire preuve d'une grande imagination et à bosser dans les mêmes proportions. Personnellement, je suis en charge de l'électronique et de l'informatique. Corentin Chenais s'occupe de l'accastillage, de la mécanique du pont – le mât, les winches, les poulies – et de tout le matériel de sécurité. Un autre pointilleux. Qui n'a pas manqué de me fusiller du regard le jour où j'ai tracé un repère au marqueur sur la coque sans prendre le soin de me servir d'une règle ! Avec Corentin, la caisse à outils est si bien rangée que si l'un de nous ne remet pas un tournevis ou une clé à sa place, il le remarque immédiatement. Élise Bakhoum est notre gréeur. Les câbles, bouts, cordes, c'est son domaine. Même si elle travaille avec d'autres équipes en parallèle, Élise fait partie du *team*. J'apprécie d'avoir une autre fille à mes côtés, en prime elle m'a concocté une merveille de petit carnet où sont consignés tous mes réglages jusque dans leurs plus infinis détails.

Pierre-Yves Moreau s'occupe du chantier hivernal. A lui l'entretien, les enduits, la peinture.

Chacun son job, chacun sa responsabilité. Et toujours Xavier (David) qui toise l'ensemble, impulse ou modifie. En dehors des compétences, l'humain, la psychologie, les habitudes et les humeurs de chacun sont à prendre en compte. Même si cela ne fait pas partie de ses prérogatives, Xavier est capable d'intervenir sur tous les sujets y compris un problème de mésentente ou d'incompréhension entre deux membres de l'équipe. Il n'est pas toujours simple de gérer les relations d'une dizaine de caractères autonomes confinés dans un espace restreint et sans cesse tirés à hue et à dia par une urgence supplémentaire. Moi-même, je ne me sens pas l'âme d'une patronne inflexible. Ce n'est pas ma manière de fonctionner. J'ai toujours pensé en termes de confiance et de plaisir. Des évidences simples à énoncer, mais pas toujours faciles à appliquer.

J'adore emmener les membres de mon équipe en convoyage. C'est une manière de les découvrir et cela donne l'occasion à mes *boys* de voir comment moi-même je navigue. Cela leur permet aussi de voir *in situ* les problèmes techniques que je peux rencontrer. Les gars sont ravis de pouvoir réparer à bord même s'ils se rendent compte à quel point bricoler en mer est une galère. C'est, de surcroît, une expérience enrichissante sur le plan humain, pour la cohésion et la motivation de l'équipe. Rien de tel que des travaux pratiques à l'air pur pour rompre avec le confinement d'une préparation sous cloche ! La mer est un révélateur : les humeurs et sensibilités de chacun se révèlent au grand jour, les personnalités s'éclairent. Un bateau est un huis clos. Il faut coexister dans un espace pas plus grand qu'une tente. C'est un peu Koh Lanta version flottante. J'aime emmener les personnes qui bossent avec moi à terre dans mon aventure. J'ai même embarqué Xavier David, le chef du projet, sur un convoyage après la Transat Artemis. J'ai été obligée de le tanner pour qu'il se libère deux semaines, lui qui est sans cesse « overbooké » ! Mais je crois pouvoir dire que sa première traversée de l'Atlantique sur un voilier restera une expérience inoubliable.

Nous sommes au mois de mai 2008. Le départ des Sables d'Olonne est prévu dans un peu moins de six mois. Le bateau est paré. Je voudrais maintenant trouver une grosse dépression sur la route du retour histoire de tester les limites de *Roxy* en le poussant bien plus que je ne le fais lorsque je suis seule à bord. J'ai envie de voir ce qu'il a dans le ventre. Nous avons déniché une tempête de bonne facture : près de 120 kilomètres-heure au portant ! Nous sommes trois : Xavier, Couscous et moi. Ou plutôt quatre avec Corentin Chenais, le compagnon de Jeanne Grégoire, qui a rejoint l'équipe l'an dernier. Problème : le pauvre est au fond de sa bannette, malade à crever !

Le groupe a confiance en moi. Je suis prête à lâcher les chevaux. Le bateau est plus toilé qu'à l'ordinaire. Assis à nos postes de veille en avant du cockpit, Couscous et moi faisons face, encapuchonnés dans nos combinaisons de survie. *Roxy* vole plus qu'il ne navigue. Je plane aussi. C'est une sensation extraordinaire. Couscous est aussi en état de lévitation. Nous nous regardons béatement sans échanger le moindre mot. Nous savourons le moment. Xavier risque un œil au-dehors et fronce le sourcil. Coincé dans sa bannette depuis plus d'une heure, il n'a visiblement pas réussi à dormir. Il faut dire que ce n'est pas évident de trouver le sommeil dans une machine à laver en mode essorage.

« Dis donc, Sam, ça va vite là quand même. Il faudrait peut-être penser à ralentir un peu...

— OK, je vais peut-être enlever la trinquette (voile d'avant).

— Quoi ?! Tu as laissé la trinquette par 60 nœuds de vent ? Mais il faut être frappé pour la garder dans des conditions pareilles !

— Oui, mais… le record de vitesse du bateau est battu ! »

Avec un large sourire, je lui montre du menton le speedomètre qui indique en caractères lumineux 29,6 nœuds : 55 kilomètres-heure ! Xavier me lance un regard qu'il voudrait réprobateur sans intention de convaincre vraiment. Un peu plus tard, je le retrouverai à la table à cartes, ficelé dans son gilet de sauvetage, derrière un écheveau constitué de ces rubans en plastique – « *Fire line. Do not cross* », « ligne de feu, ne pas franchir » – qu'utilisent les pompiers américains et que les garçons avaient rapportés de Boston en souvenir. Trop drôle ! Oui, les conditions étaient extrêmes, mais cela n'empêche pas les fous rires !

J'adore mon équipe. Je ne l'échangerais contre aucune autre. Bosser dans un groupe technique tient du sacerdoce : sur un chantier, vous pouvez terminer à l'aube pour régler un certain nombre de détails avant la mise à l'eau ; sur un départ de course, vous vivez tous ensemble, les uns sur les autres, pendant dix jours. Souvent, les tensions s'exacerbent. Nous avons eu notre lot de problèmes mais nous avons toujours réussi à les résoudre de manière à ne jamais avoir à nous séparer de quelqu'un. L'équipe n'a pas bougé. C'est rare dans le monde de la voile. Je crois que c'est aussi notre force : nous avons réussi à construire une entité solide.

Plus le Vendée approchait, plus nous étions soudés. Au début, les garçons avaient un peu honte d'être surnommés les « Roxy boys ». Roxy est une marque *girly* et les autres équipes les chambraient parce qu'ils étaient habillés avec des vêtements au look féminin. Au fil des mois, faire partie des « Roxy boys » est devenu une fierté. Une semaine avant le grand jour, ils ont tous acheté une perruque blonde et ont déboulé à la fin de ma conférence de presse déguisés en *Samantha oups*, le personnage de « blonde » interprété par un homme dans la série télévisée à sketches du même nom. Dans les jours qui ont suivi, certains ont conservé leur déguisement. Lorsqu'ils étaient de dos en train de travailler sur le bateau, il arrivait que des badauds leur demandent un autographe en imaginant que c'était moi.

Lorsque je pars autour du monde, je suis seule à bord, mais, même si vous ne la voyez pas, toute mon équipe est derrière moi. Avec moi. Nous partageons une histoire commune.

Pour moi, le Vendée a d'abord été une aventure humaine extraordinaire qui a commencé en novembre 2006. Lorsqu'il s'est achevé, et que je me suis retrouvée sans sponsor, j'ai eu peur que cette belle histoire prenne fin. Mais ma *dream team* ne s'est pas totalement évanouie. Certains, comme Cathy Lallement qui s'occupe de mes relations presse, continuent de s'investir bénévolement sur mon projet, en attendant que je trouve un nouveau partenaire. D'autres, comme Couscous qui continue de gérer gracieusement mon fan-club sur Facebook, ont carrément refusé des propositions d'embauche pour le prochain Vendée en espérant que je rebondisse au plus vite. Depuis qu'ils sont réduits au chômage technique, mes gars bossent à droite et à gauche mais ils me restent fidèles. J'éprouve à leur égard énormément de gratitude, d'autant plus que je les ai quand même obligés à porter du rose...

Chapitre 14

Petites conversations entre amis

« Tu fais quoi ?

— Une photo à poil devant le cap Horn. C'est l'usage. Dis donc Brian, tu n'en es pas à ton premier tour du monde… Ne me dis pas que tu n'as pas une photo de toi nu au passage du Horn ?

— Ben non… C'est bien la première fois que j'entends un truc pareil.

— Sans rire ? Mais tous les marins font ça ! Le Horn c'est le sommet. Un moment dément qui mérite que l'on se mouille dans tous les sens du terme. Moi je n'hésite pas. Ce sera une photo rien que pour moi. Quelque chose de vraiment spécial que je pourrai montrer plus tard à mes petits-enfants…

— Sam, tu te fous de moi…

— Mais pas du tout. Vas-y Brian : fais-la… C'est le Vendée Globe ! C'est le Horn ! Il te faut ton souvenir exclusif à toi aussi.

— Sam : je vais le faire, mais seulement si tu m'envoies ta photo à toi...

— Promis. »

En coupant mon téléphone Iridium, je souris en prenant la mesure du burlesque de la conversation. Encore heureux que personne ne nous ait entendus !

Je l'ai raconté : j'ai rencontré Brian sur le National Mini, neuf ans plus tôt à La Rochelle. Ça crée des liens. Il est de Southampton, pas loin de là où je vivais alors. Du coup, nous nous sommes souvent entraînés (et entraidés) ensemble. Après la Mini Transat nos routes se sont séparées. Je suis venue en France pour poursuivre mon parcours en solo. Brian est retourné naviguer en équipage, dans une autre dimension : sur des monstres de carbone à une ou plusieurs coques. Nous nous sommes momentanément retrouvés avec Tracy Edwards à bord de *Maiden II*, une bête de 33 mètres de long et 45 mètres de haut.

En moins de quatre mois, nous avons fait tomber quatre temps de référence, dont le prestigieux record de vitesse en 24 heures : 694,78 milles nautiques, soit 1 286 kilomètres parcourus en 24 heures ! Le même jour, nous avons ravi le record des îles Britanniques à Olivier de Kersauson. Je me souviens que les filles à bord étaient d'autant plus motivées que « l'Amiral » a la réputation d'être misogyne. A l'arrivée, nous nous sommes regroupées dans le cockpit pour une photo que nous nous sommes empressées d'envoyer par mail sur son ordinateur : les neuf filles de l'équipage, écroulées de rire, lui faisaient un doigt d'honneur ! Dans la foulée, nous avons battu le record de la Manche dans des conditions dantesques ; je me souviens que quasiment tout le monde vomissait à bord.

Pour la petite histoire, Brian poursuivra son parcours à bord de *Cheyenne*, le maxicatamaran du milliardaire américain Steve Fossett, qui s'emparera, à son tour, du record du Tour du Monde. A 46 ans, Brian est l'un des navigateurs les plus éclectiques et les plus expérimentés au niveau international. Il a parcouru un nombre impressionnant de milles sur toutes sortes de bateaux. Il a de surcroît remporté la Volvo Ocean Race, la course autour du monde en équipage avec escales, à la barre de *ABN Amro 1*, en 2006. J'ai énormément de respect pour ce grand brun, au visage poupin et au sourire débonnaire.

J'étais folle de joie lorsque je réussissais à terminer devant lui en Mini, ce qui était très rare. Il était pour moi l'homme à battre. Le distancer sur ce Vendée Globe relèverait de l'exploit. Je pense que c'est jouable. *Pindar* est beaucoup plus puissant que *Roxy* mais je sais que Brian n'a pas eu le temps de le mettre parfaitement au point. Il a accumulé pas mal de problèmes – avec son pilote automatique notamment – qu'il ne sait pas trop comment résoudre. Lorsque nous bavardons au téléphone, il n'arrête pas de me poser des questions. Je lui donne quelques conseils. Parfois, je me demande quand même si je devrais. Mais il galère tellement, le pauvre, avec son bateau qui tombe en morceaux…

C'est marrant de voir à quel point nous nous entraidons alors que nous sommes adversaires. Il n'existe sans doute pas beaucoup d'autres épreuves où les concurrents échangent des informations sur la course. J'imagine mal des pilotes de Formule 1 discuter de leurs choix de pneus pendant un Grand Prix. Je reste néanmoins convaincue que les favoris ont une autre approche. Nous sommes des bizuts. C'est notre premier Vendée. L'épreuve est tellement extrême que nous avons tendance à nous serrer les ailes comme des oisillons apeurés au fond de leur nid. Lorsque Dee Caffari s'est fait rattraper par une grosse dépression, elle nous a envoyé à Brian et à moi un mail pour nous prévenir car elle n'était pas loin derrière nous : « Attention, les prévisions annonçaient 40 nœuds mais là, je viens de prendre 55 ! Faites gaffe ! » Notre avance sur elle n'est pourtant pas énorme, la logique voudrait qu'elle se taise si elle veut augmenter ses chances de nous doubler.

Pas de doute : ce qui importe, c'est de nous retrouver tous à l'arrivée. Surtout, qu'il n'en manque aucun. J'ai par moments, l'impression que nous formons une seule et même équipe appliquée à lutter de conserve contre les éléments. Dee et moi sommes devenues de grandes copines avant le départ. Les journalistes voulaient écrire la *story* de ces deux Anglaises censées se tirer la bourre au prétexte que nous sommes les deux seules filles sur trente concurrents inscrits au départ. Cette mise en scène nous amuse : « Rien à faire de terminer devant l'autre. Nous n'allons pas nous marquer à la culotte. Ce que nous voulons, c'est terminer devant un maximum de monde. Pas devant une personne en particulier. »

A force de passer du temps ensemble en interviews – les journalistes insistaient pour faire d'une pierre deux coups – durant les semaines précédant le départ, nous avons appris à nous découvrir et à nous apprécier. Dee a un sens de l'humour aigu. C'est aussi son équipe qui invente et envoie le plus de blagues. Dee nous en transfère une pleine moisson tous les jours. La plupart sont tellement pourries que j'ai honte de rire mais certaines sont vraiment très drôles. Michel Desjoyeaux m'en envoie aussi quelques-unes qui ne sont pas piquées des maquereaux !

J'échange pas mal avec « Mich'Dej » et « Jojo » (Sébastien Josse). Sans doute ne me considèrent-ils pas comme une rivale sérieuse. Ils ont appris à me connaître au Pôle France. Ils me respectent et apprécient de me donner de temps en temps un coup de main. Mais je doute qu'ils en fassent autant avec leurs autres adversaires… Jojo me raconte tout ce qui se passe à son bord. Il a mon âge, mais déjà bouclé trois tours du monde sur trois bateaux différents. A son contact, je mesure la valeur de l'expérience. Exemple : cette voile qui, à mon bord, n'arrêtait pas de vibrer. Rien de grave. Juste ce bruit insupportable. Dans la seconde, Jojo qui avait déjà rencontré ce problème, a trouvé la solution. C'est un détail mais, sur un tour du monde, un tourment même infime peut avoir de lourdes conséquences.

Nos conversations ne tournent pas seulement autour du bateau. Je reconnais que cela fait du bien par moments de pouvoir dialoguer juste pour le plaisir. Sans raison, sans besoin particulier. Seb ne s'en prive pas.

« Dis-moi, Sam, pourquoi c'est toujours moi qui t'appelle ?

— Parce que tu en as envie, je suppose.

— Oui, mais toi tu ne m'appelles jamais.

— Contrairement à toi, je ne suis pas sponsorisée par un opérateur des télécoms.

— Ce n'est pas une raison. Tu pourrais quand même prendre de mes nouvelles de temps en temps.

— Je n'ai pas besoin de t'appeler pour en avoir puisqu'il ne se passe pas une journée sans que tu me téléphones. »

Enfin, le cap Horn ! Je veux passer au plus près de la terre. D'abord parce que c'est la route la plus courte, mais, surtout, parce qu'il est hors de question que je sorte des mers du Sud sans dévisager correctement le « Cap des tempêtes ». Le nanomètre indique 50 nœuds. Le bateau est débridé. Il dévale la mer qui se creuse et se disloque. Pour me rapprocher de la terre, je dois faire un empannage – passer d'un bord sur l'autre – et, vu les conditions, si je ne réduis pas la toile, cela risque de casser de partout. Je n'ai pas envie de ralentir. Et si je me contentais de virer de bord ? J'ai entendu beaucoup de skippers dire qu'ils n'empannent jamais. Je vais essayer d'en faire autant.

Raté ! Le bateau n'est pas passé. Je me retrouve en travers de la vague, avec des déferlantes hautes comme trois étages. *Roxy* est costaud. A moi de prouver que je le suis aussi. Le plus dur à admettre, c'est d'avoir foiré ma manœuvre alors que je viens de réaliser un parcours sans faute depuis une bonne quinzaine de jours ! Quand je repense aux exercices impeccablement négociés à Port-la-Forêt : les parcours banane, les petits circuits le long des côtes, les départs en flotte... La honte ! Je n'avais pas le droit de rater un enchaînement aussi élémentaire. En un sens, heureusement que je suis seule. Si Christian Le Pape, le directeur du centre, me voyait, je serais virée sur-le-champ.

Je remets *Roxy* dans le bon sens. Le vent souffle à près de 85 kilomètres-heure et le bateau pique dans des creux de dix mètres. J'avais embarqué une petite robe légère en espérant pouvoir la revêtir pour la photo officielle devant le caillou mais le temps ne se prête guère à une tenue estivale. Je saisis une pancarte sur laquelle j'ai écrit « CAP HORN ». Je me sens comme une touriste en bottes et ciré sur la muraille de Chine. Clic-clac. Je me débarrasse maintenant de mes couches de vêtements pour satisfaire mon petit souvenir personnel. Je cadre serré en tenant ma pancarte contre ma poitrine. « Cheese... »

Redescendue devant mon ordinateur, j'envoie les deux clichés aux gars de mon équipe, en prenant soin d'accompagner le second de la mention « privée ». Je n'ai pas envie de me retrouver à poil sur Internet ! Une erreur est si vite arrivée. Peu de temps après le départ, j'avais reçu un message illustré hyper-sympa de la part du « Broken arms team », l'équipe technique de Michel Desjoyeaux. « GO SAM » inscrit en lettres capitales sur les fesses desdits techniciens ! Un message mal verrouillé qui s'est retrouvé sur Facebook dans la seconde, au grand mécontentement du patron ! Comment les gars avaient-ils été identifiés ? Facile : la nièce de l'un d'eux a reconnu sans peine « les fesses de tonton ». Heureusement l'hémorragie a été stoppée avant que la Toile tout entière ne s'empare du canular.

Mich' n'est pas rancunier. Juste après son arrivée victorieuse aux Sables, il s'est fait une joie de poser avec ses gars en robe, parodiant une campagne de publicité de mon sponsor Roxy. Son équipe s'est empressée de m'envoyer quelques clichés. La série est excellente.

Visiblement, il avait pioché dans la garde-robe de sa femme Régine dont j'apprécie et la personnalité et la manière de travailler. Elle est très impliquée dans Mer agitée, l'écurie de course au large de Michel. Il paraît que derrière chaque grand homme il y a une femme. Derrière Mich' et son équipe, c'est certain, il y a Régine ! Je me sens très proche du team Foncia. Les préparateurs qui le composent sont passionnés et motivés. J'adore leur sens de l'humour. J'ai appris à les connaître grâce à Romain qui a navigué un temps sur *Géant*, le trimaran de Desjoyeaux. Le meilleur marin français du moment est un peu mon maître Jedi. J'ai pour lui une immense admiration. Lorsqu'il me félicite parce que j'ai réalisé une belle journée, pied au plancher, cela me donne des ailes. Il ne le sait sans doute pas mais ses messages m'ont transcendée tout au long du Vendée. L'autre jour, dans le Sud, il m'a écrit un mail minuscule dont je me délecte : « Attention, ta carène va prendre feu si tu continues comme ça. » Waow... Mich' pense que je vais vite. C'est trop fort !

J'ai franchi le Horn avec l'impression de passer une porte. Elle vient de se refermer derrière moi. Je suis sortie de l'enfer des mers du Sud, là où le ciel se confond avec le gris de l'océan, où le soleil est si pâle qu'il semble s'être dissous, où les vagues se cabrent comme pour vous rejeter en arrière et où le vent ne cesse de vous hurler que ce monde brutal n'est pas fait pour vous. Il fait encore froid, mais la mer est plate, la brise légère, et le soleil mordille ma peau. Je distingue maintenant les îles Falkland, au large de l'Argentine, recouvertes de montagnes au sommet desquelles s'accrochent les nuages. J'ai réussi... Il me reste encore un tiers du parcours à accomplir : le début de la fin. Un alpiniste en haut de l'Everest ne doit pas être plus fier. J'ai traversé cet océan de douleur. Notre face nord. J'ai du mal à réaliser. Les souvenirs refluent. Je repasse intérieurement le film de ces six premières semaines. Je n'en reviens pas. Ma concentration a mis en veille ma mémoire. Je prends seulement maintenant la mesure de ce que je viens d'accomplir. Non seulement je suis passée, mais j'ai été à une vitesse que je n'aurais jamais pensé être capable de tenir. J'ai franchi le Horn avec 1 400 milles – 2 593 kilomètres – d'avance sur Brian Thompson, soit 740 kilomètres de plus que l'objectif que je m'étais fixé. Je peux faire mieux encore. Maintenant, je sais que je peux rivaliser avec les meilleurs.

Pour la petite histoire : la photo « souvenir » de Brian m'a été envoyée plus d'un an après l'arrivée du Vendée. Je connais bien le sponsor de Brian, Andrew Pindar, avec qui je dialogue souvent sur Skype. C'est lui qui m'a raconté le fin mot de l'histoire : dans un premier temps, Brian l'avait totalement oubliée mais son attachée de presse a découvert l'inavouable en nettoyant et triant son disque dur. Deux clichés l'ont particulièrement intriguée. Le premier où Brian était en tenue d'Adam, le journal chargé de cacher son entrejambe s'étant malencontreusement envolé, et un second, plus décent, avec le journal réinstallé en bonne place. A la question de son assistante : « Mais pourquoi as-tu fait ça ? », Brian s'était contenté de répondre : « C'est pour Sam. »

Je préfère ne pas savoir ce qu'elle a pu imaginer…

Chapitre 15

Les risques du métier

« *Oh girls, they wanna have fun/ Oh girls / Just wanna have fun...* » Les enceintes de *Roxy* crachent à tout vent le tube de Cindy Lauper. Je pousse encore le volume pendant que le bateau trace à fond la caisse. Encore une journée géniale dans le grand Sud. Je suis en plein Pacifique, aux deux tiers du parcours du Vendée Globe, et viens de fêter la nouvelle année 2009 il y a tout juste six jours. Je sais déjà que je vais faire une moyenne de rêve. Aujourd'hui, je suis plus rapide que tout le monde. Je vais même plus vite que Michel Desjoyeaux ! J'ai trouvé le CD planqué dans ma nourriture : mes copines ont caché des cadeaux dans mes réserves, de manière à ce que j'en trouve un chaque semaine. C'est un double album avec rien que des tubes ultra *girly* : le genre de musique que les filles adorent se passer en boucle mais en cachette parce que c'est quand même un peu la honte d'écouter des chansons aussi ringardes.

C'est la première fois que je mets du son sur le pont. Je n'écoute que très rarement de la musique en mer. De temps en temps dans le casque de mon iPod, pour me détendre un peu lorsque je sais que tout est sous contrôle. En mer, j'ai besoin de rester à l'écoute de mon bateau. Ses bruits, couinements, grincements ne me dérangent pas. Au contraire. Ils me rassurent : j'ai l'impression qu'il me parle. Satisfait ou inquiet, selon l'humeur. Non seulement cette cacophonie ne m'empêche pas de trouver le sommeil, mais ne pas l'entendre me stresse. Je suis incapable de dormir avec un casque antibruit. J'en ai testé un une fois : impossible de fermer l'œil. Du coup, je le laisse à la maison : il m'est plus utile lorsque Romain se met à ronfler !

En mer, il m'arrive de me réveiller en sursaut. Inconsciemment, je sais que quelque chose ne va pas. Je le sens, même si je suis incapable de repérer immédiatement ce qui cloche. Je me lève et cherche, jusqu'à localiser le désagrément. Souvent, ce n'est qu'un problème de réglage ou une algue prise dans la quille. Je n'en étais pas sûre, mais je le pressentais. Comme si j'avais un sixième sens. Cela m'impressionne tellement que je me demande parfois si je ne suis pas en train de virer maboule. Erreur : je commence simplement à être en phase avec *Roxy*. Cela fait partie de l'arsenal du coureur au large : savoir écouter et comprendre son bateau, faire corps avec lui, être également en osmose totale avec les éléments : les vagues, les sautes de vents, les grains qui passent. Quand je décide de changer de voilure, il m'arrive de douter, de me demander si ce n'est pas prématuré, mais je le fais et, chaque fois, au moment même où je termine, le vent se met à forcir dans un *timing* quasi parfait. C'est une sensation étrange mais fascinante de se rendre compte que vous avez le bon *feeling*.

A l'inverse de certains, je n'entretiens pas de relation fusionnelle avec mon bateau pour autant. Nous passons assurément beaucoup de temps ensemble. *Roxy* est envahissant : il m'arrive – j'en ai un peu honte – de penser davantage à lui qu'à mon chéri, mais je ne vais pas jusqu'à lui faire des câlins ! Au contraire, je lui donne souvent des coups de pompe dans le train ! Je sais : je ne suis pas très romantique... Si la relation entre un navigateur solitaire et son bateau est forte, elle n'a rien à voir avec de l'amour. J'entretiens avec *Roxy* un simple rapport professionnel. Fait de respect mutuel, mais aussi de hauts et de bas. Ensemble nous avons un contrat à remplir, une mission à assumer. Rien à voir avec des projets de couple. Je ne pleurerai pas lorsque nous nous séparerons définitivement. J'espère simplement qu'il retrouvera un partenaire digne de sa valeur. Cela me chagrinerait qu'il tombe entre les mains d'un propriétaire qui le brutaliserait ou le laisserait pourrir dans une marina. Rien n'est plus triste qu'un bateau qui dépérit ou ne navigue pas.

Nous n'en somme pas encore là. Pour l'instant, nous surfons sur les mers du Sud. *Roxy* est déchaîné. Et moi avec. La vitesse me grise. J'ai envie de faire exploser les enceintes. « *I wanna be the one to walk in the sun / Oh, girls, they wanna have fun.* » Encore un peu plus fort... Et si je branchais la caméra ? Xavier, mon directeur dévoué, a eu l'idée géniale d'en faire fixer une, au bout d'une perche, sur le balcon arrière, ce qui donne l'impression que quelqu'un filme depuis l'extérieur du bateau. Le seul souci, c'est que le micro est branché à l'intérieur. Du coup, lorsque je tourne de ce point de vue, ce que je dis est inaudible. Cela fait plusieurs jours que Xavier me tanne pour que je trouve une solution à ce problème technique, et cela fait plusieurs jours que je lui explique que ma priorité, c'est la course.

Tu voulais du son, Xav ? Tu vas être servi ! Debout sur le pont comme sur la banquette arrière d'une décapotable, j'écarte les bras pour sentir le vent filer entre mes doigts et j'inspire à fond. Du pur bonheur... *Roxy* danse avec les vagues. Je me lâche aussi. Je saute, tourne, virevolte... Le pied total ! La récréation terminée, je me demande si je dois envoyer ces images. Franchement, j'ai l'air ridicule ! D'ordinaire je ne danse jamais. Pas même en boîte. En même temps, avec ce petit délire, je vais peut-être faire rire quelques membres de l'équipe !

Assise à la table à cartes, je me prépare à transférer le fichier lorsque j'aperçois, sur le relevé de positions, que *VM Matériaux*, le bateau de Jean Le Cam, est signalé « non localisé ». Un problème de balise ? Je ne pense pas. La politique de la direction de course est éprouvée : lorsqu'un concurrent a un problème grave, elle préfère ne pas donner la position du bateau plutôt que d'indiquer qu'il avance à 4 nœuds dans le mauvais sens. Rien de tel pour alerter les journalistes ! Ce look out permet au contraire aux responsables de la course de se donner un peu de temps et d'en laisser à l'équipe à terre avant la déferlante médiatique.

J'étudie les fichiers météo : les conditions sont dantesques dans les environs du cap Horn, là où

VM Matériaux devrait arriver. Pas de doute : il se passe quelque chose de grave. Plus question de transférer la vidéo me montrant en train de m'éclater la jambe en l'air alors qu'un concurrent a de gros soucis et risque sans doute sa peau. Dans les heures qui suivent, la direction de course confirme mes craintes et annonce que Jean Le Cam, alors troisième, a chaviré à 370 kilomètres à l'ouest de la pointe extrême de l'Amérique du Sud. Les deux jours à suivre sont angoissants. Sur une course telle que le Vendée, chaque concurrent est un miroir pour l'autre. Et si c'était moi ? Le reflet renvoyé par le malheur du précédent ou du suivant est immédiat. En l'occurrence, non sans rebondissements, la situation du moment connaîtra une fin heureuse. Jean sera contraint à l'abandon mais ne souffrira même pas d'une égratignure. Ouf, à des degrés divers, nous avons tous passé un sale moment !

Pour me défouler ou me changer les idées, je transfère mes vidéos sans me soucier de savoir si j'ai l'air grotesque ou pas. Les deux jours qui viennent de s'écouler m'ont permis de relativiser. Ces moments sont difficiles à digérer. Ils nous rappellent à quel point notre métier est risqué. Même préparé, même maîtrisé, un tour du monde demeure une loterie. Personne n'est à l'abri du pire. Pas même les plus doués et les plus expérimentés. La mer est plus forte que la modernité, le carbone, les moyens de communication les plus sophistiqués. Je repense à Yann Éliès qui s'est fracturé le fémur contre le balcon avant de son bateau, quelques semaines auparavant. Ironie du sort : le même jour, à quelques heures d'intervalle, je manquai me casser un bras en libérant un spinnaker – immense voile d'avant très légère mais qui doit bien faire mon poids. Catapultée en arrière, j'ai atterri sur un boîtier de transmission de winch. La douleur fut atroce. De l'épaule jusque dans la main. J'ai vu les étoiles. Bien avant la nuit noire.

Lorsque j'ai repris connaissance, je me suis étendue sur le sol, parvenant péniblement à bouger mes doigts. Quelle idiotie d'avoir pesé de tout mon poids pour tirer sur cette lanière comme une mule ! J'étais verte de rage. Je me sentais minable. Appeler le médecin de l'organisation et voir avec lui si mon bras est cassé ou non : voilà quelle était l'urgence ! Ma pharmacie et mes antalgiques demeuraient hors de portée. Chaque fois que je tentais de me remettre sur mes pieds, ma tête se mettait à tourner. Je me sentais de plus en plus livrée à moi-même. Jouet des événements. Otage des circonstances. Je n'étais pas encore paniquée mais pas loin de l'être. Il importait que je me secoue : les données météo me préviennent qu'un empannage sera nécessaire dans l'heure ou les deux heures à venir. Au terme d'un sursaut plus téméraire que les précédents, je suis finalement parvenue à atteindre le téléphone et à appeler le Dr Jean-Yves Chauve avant de perdre à nouveau connaissance. Lorsque je suis revenue à moi, je trempais dans mon vomi.

Je n'ai jamais eu aussi mal de ma vie, mais, au final, cet accident fut sans conséquence. Je m'en suis sortie avec un énorme hématome que j'immortaliserai avec mon appareil photo numérique. Lorsque, deux heures plus tard, Denis Horeau, le directeur de course, m'a téléphoné, j'ai trouvé qu'il en faisait un peu trop : pas de quoi faire toute une histoire pour un simple bleu ! « Sam, il y a un problème... » Au son de sa voix, j'ai tout de suite compris que son appel ne m'était pas destiné directement, mais qu'il concernait un autre concurrent : « Yann (Éliès) s'est cassé la jambe ! Il a réussi à rentrer dans sa bannette mais il ne peut plus bouger et il n'arrive pas à accéder à sa pharmacie. »

Je n'imagine que trop ce qu'il peut ressentir. Je me suis retrouvée dans une situation similaire pendant mes études à Cambridge : un de mes camarades d'université a perdu sa jambe à la suite d'une fracture du fémur sur un terrain de rugby. Un fragment d'os avait perforé l'artère et il a dû être amputé ! Lui se trouvait à Cambridge, où il avait été pris en charge dans l'un des meilleurs hôpitaux du monde. Yann est seul sur un bateau en mouvement. Si un bout d'os tranche son artère fémorale, il est mort.

Je me suis détournée pour rallier *Generali*, dans le sillage de Marc Guillemot, skipper de *Safran*, contacté lui aussi par l'organisation du Vendée, car nous étions les deux concurrents les plus proches du drame. Je ne pense plus qu'à Yann. A accélérer pour pouvoir lui porter secours. Si fort que je me fais peur à plusieurs reprises. Je découvre une force supérieure, des allures que je n'aurais jamais pensé pouvoir atteindre. J'étais sur une épreuve d'endurance, me voilà basculée en finale du 100 mètres des Jeux olympiques. C'est une question de vie ou de mort.

J'appelle Marco pour lui demander de m'attendre avant de tenter quoi que ce soit. J'envoie par ailleurs un mail au centre de coordination des secours maritimes – le MRCC – australien pour leur indiquer que je suis à la disposition des sauveteurs s'ils ont besoin d'une traductrice ou d'indications sur la configuration de *Generali*. Ils m'ont rappelée par courtoisie pour me dire que je pouvais reprendre ma route mais je ne voulais pas retourner sur la course avant d'avoir la certitude que Yann était hors de danger. Lorsqu'ils m'ont confirmé qu'ils l'avaient enfin récupéré, j'ai ressenti comme un immense soulagement.

Nous avons tendance à oublier à quel point nous sommes seuls et tellement loin de tout. Combien notre bonheur en mer est fragile. Quelques jours avant de m'esquinter le bras, je me suis retrouvée, au milieu de nulle part, face à un iceberg. Ce n'est que lorsqu'un géant comme ça apparaît que vous prenez toute la mesure du danger qu'il représente. Celui que j'ai vu n'était pas bien grand, mais tout de même trois fois plus haut que ma maison. Si j'étais passée de nuit, je l'aurais probablement percuté : un iceberg n'est pas équipé de réflecteur ou d'avertisseur sonore ! Les organisateurs du dernier Vendée avaient défini des « portes » au nord de la route la plus courte pour que les concurrents ne soient pas tentés de couper en passant au milieu des glaces. Mais certains blocs ont dérivé plus au nord que prévu. Michel Desjoyeaux en a croisé un, peu de temps après avoir envoyé un mail rassurant selon lequel « au moins 100 milles » (180 kilomètres) nous séparaient du front des premières glaces ! Dur de ne pas prendre la route optimale. Je savais que s'aventurer dans ce périmètre n'était pas très prudent, mais j'avais calculé que si je passais en plein jour avec des conditions météorologiques correctes, ce pourrait être bénéfique à ma progression. Si Mich' l'avait fait – contrairement à ses invitations à la prudence – pourquoi pas moi ? J'ai évalué le danger et les milles que j'allais gagner : je me suis dit que cela valait le coup de prendre le risque. Une fois dans le secteur, le stress est permanent. A chaque mouton d'écume, vous pensez apercevoir un morceau de glace ballotté par les vagues. Vous restez sur le pont, tétanisé, pour scruter la mer durant des heures et des heures à vous en brûler les globes oculaires. Lorsqu'il a surgi devant moi, comme un mirage, j'ai eu du mal à en croire mes yeux. Mon premier iceberg ! Je n'en avais jamais vu. J'étais subjuguée par ce prodige de la nature. Une statue de glace monumentale. Une pure merveille. Combien de gens ont eu la chance d'assister une fois dans leur vie à un spectacle aussi sublime ? Pendant un quart de seconde, j'ai ressenti une joie incommensurable. Puis, je me suis rappelé que l'eau n'était pas très froide, que le bloc devait être en train de fondre et que de la glace dérivait sans doute tout autour. J'ai couru d'un bord à l'autre pour sonder l'eau, le cœur battant. Lorsque je suis passée près de lui, j'ai regardé les vagues s'écraser contre ses parois scintillantes, hypnotisée par ce bleu intense que je ne connaissais pas, et je me suis demandé à quoi pouvait ressembler la partie immergée. Sa face cachée.

J'ai le sentiment d'avoir joué à la roulette russe, mais sans le grand frisson. Je n'ai pas vraiment eu le temps d'avoir peur. A vrai dire, je pensais seulement à doubler Brian Thompson qui se trouvait juste devant moi. Lorsque les relevés de positions sont tombés et que j'ai vu que j'avais réussi, j'ai sauté de joie. Quelques heures plus tard, je découvrais un mail bourré d'humour de mon ami Andrew Pindar, patron de l'entreprise qui sponsorise Brian : « Sam, tu ne voudrais pas ralentir s'il te plaît ? Juste un tout petit peu... Donne-lui une chance ! » Sourire de rigueur. Dans ces moments-là, je me dis que, finalement, oui, je suis une compétitrice. J'avais tellement envie de gagner une place que je n'ai pas vraiment eu peur. A mon retour sur terre, je me demanderai certainement ce qui m'a pris d'aller me fourrer dans un traquenard pareil et pourquoi je n'ai pas eu la trouille. Mais, pour l'instant, je ne pense qu'à ma course, même si je me rends bien compte que je repousse mes limites bien au-delà de ce que j'avais cru possible.

A certains moments, je navigue dans des conditions si extrêmes que je me carapate à l'intérieur du bateau pour ne pas ralentir. Je sais que si je risque un œil au-dehors, je serai impressionnée par la taille des vagues, la vitesse de *Roxy* et que je réduirai immédiatement mon allure. Pour ne pas lever le pied, je fais l'autruche. Je voudrais dominer ma peur. J'ai le sentiment de manquer encore de self-control. Durant ma préparation, je me suis rendu compte que je devais apprivoiser la vitesse, en particulier en solitaire. Je dirais, moi qui suis une piètre skieuse, que la sensation que j'ai eue en me retrouvant à la barre d'un monocoque de 18 mètres est un peu semblable à celle que vous pouvez avoir en descendant tout schuss une piste noire.

Ce n'est pas évident de dormir quand le bateau est à fond. Pas plus que de conduire, les yeux fermés, à plus de 40 kilomètres-heure, sur un terrain en mouvement. Lorsque vous êtes dans votre bannette, mieux vaut ne pas commencer à penser au porte-containers qui pourrait se trouver sur votre route. Si cette idée s'insinue, vous êtes fichu. Il est indispensable de se poser la question avant de partir pour savoir quoi faire en cas de pépin, assimiler l'ensemble du processus de sauvetage (tirer sa balise de détresse, revêtir sa combinaison de survie, récupérer le kit de survie, détacher le canot gonflable, s'y précipiter...). Mais une fois en course, mieux vaut mettre de côté cette perspective. Surtout ne pas se la repasser en boucle. Ne pas gamberger. Vivre dans l'instant présent à fond. *Carpe diem.* Abandonner aux confins de son cerveau une perspective et ses conséquences qui, de toute manière, ressurgiront au moment voulu comme un diable de sa boîte. Je réalise que cela fait maintenant cinq semaines que je maintiens une cadence infernale, en évoluant dans une tempête quasiment permanente, avec des vents qui ne tombent presque jamais en dessous de 45 kilomètres-heure, des températures qui ne dépassent pas les 8 °C. J'ai l'impression que plus j'avance et mieux je gère les moments les plus *hardcore.* A vrai dire, aussi étrange que cela puisse paraître, je n'ai jamais été aussi à l'aise sur une course. Je m'amuse. Je savoure. Je me sens étonnamment bien. Mon équipe à terre m'a signalé que ma petite vidéo *funky* où l'on me voit danser gaillardement n'a pas amusé que mon immédiat entourage mais qu'elle s'est répandue sur la Toile et sur les écrans de télévision comme une traînée de poudre. J'ai un peu honte, mais en même temps cet instant de bonheur, cette danse déjantée, n'avait d'autre fonction que de montrer à quel point j'étais heureuse en mer. Oui la navigation est parfois dure et contraignante. Mais elle est aussi un vecteur d'accomplissement formidable. Montrer que l'on est heureux en mer n'a rien d'une provocation. C'est, à mes yeux, le seul message qui vaille.

Chapitre 16

Because I am a girl

Si je n'avais pas eu une vraie bonne raison de venir en France, je vivrais en Angleterre. Je suis anglaise. Je me sens anglaise. Mais il m'arrive quand même de me demander si je ne suis pas née du mauvais côté du Channel. Il me semble que je suis plus à l'aise en Bretagne. Certes, je me suis installée ici parce que mon amoureux est français et parce qu'il est plus facile d'exercer ici le sport que j'aime. Mais je crois que, même si je n'étais motivée ni par l'une ni par l'autre de ces priorités, je resterais dans le Finistère. J'aime ma vie ici. Comme je le disais, je vis dans un petit hameau pas très loin de Concarneau. Ma maison est en pleine campagne, loin de tout, et, en même temps, en bord de mer. Je peux aller faire un footing quand cela me chante, une balade à vélo quand l'envie m'en prend.

Ici, mon mode de vie est sain. Un truc tout bête : les Français prennent le temps de déjeuner. En Angleterre, nous avalons un sandwich en bossant devant notre ordinateur. A Paris, mais plus sûrement en province, tout le monde s'arrête entre midi et deux. Ça paralyse peut-être l'économie, mais ça rend les gens plus heureux. Dans mon village, mes voisins trouvent toujours le temps de bavarder. Bien sûr, il y a des limites. Je ne suis pas foncièrement folle de joie lorsque la cliente qui me précède à la boulangerie rapporte sa semaine par le menu, mais je m'abstiens d'intervenir : de quel droit le ferais-je ? Le lien social, c'est fondamental.

Après le Vendée, j'ai été faite citoyenne d'honneur de ma ville. Je suis d'autant plus fière que les Anglais sont rarement appréciés en Bretagne, sans doute parce que la plupart ne cherchent pas à s'intégrer outre mesure. Non seulement je parle la langue – mon petit ami y est pour beaucoup ! –, mais je participe volontiers à la vie de ma commune. J'ai, en particulier, supervisé avec la Surfrider Foundation le nettoyage de nos plages attaquées comme un peu partout en Bretagne par les algues vertes. Cela peut paraître dérisoire. Pour moi, c'est important. Pas question de me poser en donneuse de leçons, mais j'estime que chacun d'entre nous peut et doit assumer sa responsabilité citoyenne.

Je ne fais rien d'extraordinaire : je trie mes déchets, je fais attention à ma consommation d'électricité, j'évite les emballages inutiles, je limite l'usage de la voiture si c'est possible. Des petits riens, des gouttes d'eau dans l'océan dont je suis bien placée pour savoir qu'il est immense et infini, mais des micro-actions néanmoins. Il n'y a rien de radical dans ma démarche. Je ne me chauffe pas à l'énergie éolienne, n'utilise pas de véhicule solaire, et il m'arrive encore de préférer un bain plutôt qu'une douche ! Freiner le progrès n'a pas de sens. Revenir en arrière moins encore. L'écologie n'a de chance de progresser que si elle est source de confort, d'emplois et de profits. Contrairement à certains navigateurs, je pourrais assumer de me faire sponsoriser par une compagnie pétrolière ou un groupe industriel spécialisé dans les métiers de l'énergie. Je ne suis pas une intégriste. J'ai simplement envie de donner l'exemple. Depuis le Vendée, beaucoup de gens me suivent et me considèrent comme un modèle. Autant en profiter pour faire passer les bons messages.

Depuis quatre ans, je suis l'une des ambassadrices du programme The Blue Climate and Oceans Project, créé par mon ami Conrad

Humphreys qui avait disputé le Vendée Globe en 2000. Il envisage de lancer prochainement le Blue Mile : une sorte de Téléthon écologique qui inciterait les participants-donateurs à parcourir un *mile* (1,6 kilomètre) sur l'eau ou dans l'eau. Je fais partie des sportifs qui soutiennent cette initiative, comme la Française Anne Quéméré, auteur de belles traversées atlantiques à la rame ou aidée d'un cerf-volant, ou encore ma compatriote Sarah Campbell, championne du monde de plongée en apnée.

Je n'ai jamais vraiment communiqué autour de mon engagement. La démarche relève de la haute voltige. L'écologie est devenue un enjeu politique et sur ce terrain je ne me sens pas très à l'aise. Je trouve également un rien opportuniste de surfer sur la vague environnementale pour vendre ou promouvoir un projet. Se servir d'un sujet aussi fondamental dans l'espoir d'améliorer son « image de marque », cela me dérange vraiment. Et Dieu sait que les exemples abondent dans ce domaine ! L'écologie n'est pas un argument, c'est une science. Un enjeu éminemment sérieux et sensible. Qui mérite un minimum d'égards et de respect. Je ne supporte plus de voir cette préoccupation mélangée à toutes les sauces !

De nos jours, il paraît impossible de monter un dossier sans qu'il soit estampillé « vert ». « Énergies durables », « Énergies renouvelables » : il n'est question que de cela chez les sponsors et parrains de toute sorte. Le milieu de la voile, par nature (et sans jeu de mots !), est plus en adéquation avec les préceptes écologiques de base que bien d'autres activités. Les caprices du vent et de la mer, les grandes orgues des changements de température et des bouleversements climatiques composent notre environnement quotidien. Mais sommes-nous exemplaires et irréprochables pour autant ? Beaucoup des matériaux que nous utilisons (carbone, néoprène, colle, peinture) ne sont pas exempts de tout reproche. En 2002, pour mon tour du monde, j'ai emporté du gasoil pour alimenter le moteur qui me permet de produire mon énergie. Sans lui pas d'électronique à bord, pas de communication longue distance, pas de possibilité de remplir ou vider mes ballasts, de modifier l'inclinaison de ma quille, de faire tourner mon pilote automatique[1]. Dans un proche avenir, je pense qu'il sera

1. Régulateur d'allure qui permet – comme dans un avion – de se substituer au pilotage naturel et d'offrir par là même sa liberté au marin pour qu'il manœuvre, dorme, mange, etc.

possible d'envisager des navigations au long cours sans énergies fossiles. Le navigateur Yannick Bestaven a beaucoup travaillé sur les hydrogénérateurs et ils sont maintenant relativement fiables et abordables. Je suis convaincue que nous pouvons aller de l'avant dans ce domaine, en travaillant par exemple sur le stockage de l'énergie.

Je n'adhère pas au catastrophisme écologique ambiant. Ni aux discours alarmistes qui tiennent pour acquis que la fin du monde est pour demain. Je préfère positiver, encourager les bonnes volontés, montrer qu'elles ont un réel impact sur notre environnement. Depuis toute petite, je navigue dans la Manche, l'Atlantique Nord, le golfe de Gascogne, et je trouve que la situation s'est améliorée ces dix dernières années : je vois beaucoup moins de déchets dans la mer et davantage de dauphins. Les grosses nappes d'huile de dégazage ont pour ainsi dire disparu. Et le littoral est plus beau, plus propre – à l'exception des côtes touchées par les algues vertes –, parce que les riverains en prennent davantage soin.

Je ne suis pas candide. J'ai bien conscience que, dans certaines parties du monde où les populations ne sont pas sensibilisées, et plus sûrement encore où la préoccupation de chacun est d'abord de survivre, la situation ne se prête guère à ce type de débat. Notamment en Afrique, en Inde ou dans le Pacifique, où des tonnes de plastique s'accumulent année après année. Mais je suis convaincue qu'il est encore possible d'inverser le cours des choses. The Blue Project et la Surfrider Foundation sont des programmes éducatifs. L'idée est d'encourager et d'éduquer les plus jeunes. Eux seuls pourront nous sauver. Lorsque je suis en mer, j'envoie des textes et surtout des images depuis le bateau. Tout ce que je transmets est ensuite répercuté sur le site www.theblueproject.org. Ces maigres contributions suscitent discussions et parfois débats. Je photographie aussi bien les horreurs que les merveilles que je peux apercevoir. L'essentiel est de jeter une passerelle, de susciter la curiosité, l'envie, le dégoût. J'essaie de montrer les endroits de la planète les plus sauvages, les plus inaccessibles. Lorsque je suis dans les mers du Sud, je suis consciente que très peu de marins sont passés là avant moi, je suis sans doute même, sans le savoir, le premier être humain à franchir certains points géographiques précis. Et j'assiste à des spectacles extraordinaires, des scènes d'une rare pureté : une baleine qui plonge, le soleil qui l'imite ou un iceberg qui dérive à l'horizon. Même si croiser des glaces aussi au Nord que nous l'avons fait lors du dernier Vendée est révélateur du réchauffement climatique, j'insiste sur la majesté d'une situation dont il serait tout de même affolant de devoir se priver. Apprécier et respecter sont mes maîtres mots.

Dans le même esprit j'ai rejoint « Plan », une organisation internationale non gouvernementale qui a mis en place le programme Because I am a girl et qui s'est donné pour objectif de défendre les droits des jeunes filles à travers le monde [1]. Droit à la survie, à la santé, à l'éducation. « Plan » apporte son soutien aux victimes de discriminations et fait de la prévention. L'équité est son cheval de bataille. Comme je l'ai déjà expliqué, j'ai conscience d'avoir eu beaucoup de chance. J'ai suivi des études, choisi la vie qui me convenait. Être une femme ne m'a jamais pénalisée. Au contraire. On ne peut pas en dire autant de millions de jeunes filles nées sous une autre étoile !

Au travers de Because I am a girl, j'ai découvert avec effroi le « fœticide » féminin. En Inde notamment, le désir d'avoir un garçon est si fort que des filles sont tuées avant la naissance et tout autant après ! « Plan » a aussi lancé des

1. Plan-international.org

programmes d'éducation pour la scolarisation des filles au Bangladesh et au Cambodge, des initiatives pour lutter contre le trafic d'enfants au Togo ou l'excision en Afrique de l'Ouest. Il est indispensable de faire évoluer les mentalités. A mon niveau, j'aimerais apporter ma contribution. Pour l'instant, je fais campagne avec le groupe des « Filles de l'eau » : une bande de nanas – Isa Magois, Annabelle Moreau, Daniela Klein, Sophie Guéroult, Sandrine Pelletier, etc. – dévouées et enthousiastes. Toutes travaillent dans le milieu nautique. Un coup de téléphone, un mail, et les voilà prêtes à participer ici ou là à telle ou telle action caritative ponctuelle. Moi-même, dès que mon emploi du temps me le permet, je donne un coup de main à qui en éprouve le besoin. L'hiver dernier j'ai chaussé les skis au Grand Bornand – je suis moins douée qu'à la barre ! – pour rejoindre l'opération « Glisse en cœur », un challenge de ski par équipe qui a permis de récolter des dons au bénéfice du Mécénat de chirurgie cardiaque.

Lorsque j'ai parlé aux « Filles de l'eau » de Because I am a girl, elles ont tout de suite adhéré. Du coup, dès que nous en avons l'occasion, nous montons un stand pour parler du programme et vendre des tee-shirts. Comme je me suis mise au stand up paddle, un nouveau sport de glisse qui consiste à ramer en se tenant debout sur une longue planche, j'ai embarqué les « Filles de l'eau » sur le Hoalen Paddlerace Crossing, une course que nous avons disputée en relais au cours de l'été. C'est une manifestation minuscule. Mais je fais avec les moyens du bord. Je défends la cause comme je peux. En attendant de repartir sur un nouveau projet voile et de porter le message de Because I am a girl autour du monde.

Chapitre 17

Ma vie sur Facebook

Quelques semaines après le Vendée Globe, une journaliste m'a demandé tout à trac si, tout au long de mon périple, je n'aurais pas dû me consacrer davantage à mes winches plutôt qu'à ma caméra. La charge n'était pas sans arrière-pensées. Tout le monde s'était rendu compte que j'avais énormément communiqué pendant ce tour du monde et consacré beaucoup de temps en particulier à la confection de petits sujets vidéo repris par les télés du monde entier. Un exercice plaisant mais, effectivement, très prenant. Pour abonder dans ce sens, les spécialistes n'ont pas manqué de faire remarquer en parallèle que j'avais raté le podium d'un cheveu, une heure et quarante minutes d'écart seulement ! Cherchez l'erreur : j'avais dilapidé trop de temps en faveur de mon « ordi » et pas assez en faveur de mon « speedo » !

L'argument est recevable. Suis-je coupable pour autant ? Tout bien réfléchi, ces messages animés, même s'ils m'ont mobilisée des heures durant compte tenu de connexions souvent capricieuses, faisaient partie intégrante de mon projet. Elles m'ont *boosté* le moral au même titre qu'un beau surf sur la vague, un cadeau découvert au fond d'un sac, un petit plat pour une fois soigné, ou le message d'encouragement de mon petit ami. Lorsque le bouton « ON » de ma caméra s'allume, je ne suis plus seule. Je pense aux gamines à qui je destine ces images et qui donneraient tout pour être à ma place, à toutes ces personnes que j'emmène à mon bord alors qu'elles n'ont peut-être même jamais vu la mer. C'est un adjuvant sans prix. Un stimulant sans équivalent. Qui me permet tout à la fois de taire mes peurs et d'exorciser mes doutes.

Je vis avec mon époque. Certains estiment exagérés mes tics électroniques et mes habitudes cathodiques. Le portable, l'ordinateur, la caméra font partie de mon univers. Nous ne sommes plus au temps où Bernard Moitessier, le gourou de la mer des années 60, donnait de ses nouvelles en catapultant des messages à l'aide d'une fronde sur le pont des cargos croisés au hasard ! Sans être esclave le moins du monde de mes outils, je m'en sers pour m'informer, me rassurer, mais aussi pour donner à ceux que j'aime et qui partagent ma passion. C'est ma philosophie, je n'en changerai pas.

Tous les concurrents inscrits dans les grandes compétitions – Vendée, Route du Rhum, etc. – ont à leur disposition, depuis un certain temps déjà, des instruments de communication modernes. Libre à eux d'en tirer avantage ou pas. Sur les courses en équipage la question ne se pose même pas : un membre du groupe est d'office préposé aux images. Les organisateurs de la Volvo imposent même que l'un des équipiers soit un véritable professionnel, photographe ou cameraman confirmé. Les images s'en ressentent ! Lors de la dernière édition de cette compétition, la plupart des vidéos transmises auraient pu figurer en bonne place au palmarès de n'importe quel festival cinématographique consacré à l'aventure.

Évidemment, lorsque l'on est seul tout devient plus compliqué. Dès la conception du bateau, une ou plusieurs caméras fixes (selon les budgets) sont installées à bord. Ensuite, il faut guetter les moments opportuns, y mettre du sien, donner du cœur, au risque de débiter des « tranches de vie » souvent répétitives et monotones (la préparation du repas, la blague au copain, l'albatros de passage, etc.). J'ai, me semble-t-il, trouvé le ton juste sans me disperser ni m'appesantir. En restant simplement moi-même. En demeurant sincère. Les futurs internautes ou téléspectateurs ne sont pas nés de la dernière pluie. Eux aussi sont au fait des usages et codes réclamés par les nouveaux médias. Sans doute – pour les plus avertis d'entre eux – sont-ils même conscients de la mobilisation qu'un tel exercice m'impose. Piloter ou filmer : il faut choisir ! Ou peu s'en faut. Sur un Vendée, sauf quelques calmes au niveau des zones tropicales, je ne peux jamais m'abandonner vraiment. Mon pilote automatique me seconde, mes alarmes me préviennent, mais jusqu'à preuve du contraire c'est mon oreille, mon coup d'œil, mon équilibre au sein du bateau qui m'obligent constamment à m'investir et me mobiliser. Si une minorité encore s'imagine que j'ai passé mon temps à m'autofilmer plutôt qu'à tirer sur ma machine, ils se trompent. Idem pour les rabat-joie qui estiment que j'ai été cornaquée par mes commanditaires ou téléguidée par mes sponsors. Grand bien leur fasse. Si je tourne des images et livre mes impressions – si, par parenthèse, j'écris ce livre – c'est, tout simplement, parce que j'en éprouve l'envie. Depuis toujours je carbure à l'émotion.

Sur le Vendée, je me suis découvert une passion pour l'écriture : trouver le mot juste, donner corps en quelques caractères à des émotions, à des couleurs... C'est tellement puissant. Depuis quelque temps, je collectionne les citations sur la mer, des phrases rigolotes, des petits messages qui m'ont touchée. Je les consigne dans un carnet, certaine qu'elles me seront utiles à un moment ou à un autre, lorsque le moral flanche un peu ou que les conditions se dégradent trop vite. Quand je suis en mer, j'adore passer du temps à la table à cartes pour consulter les messages et encouragements des internautes. Je prends parfois mon marqueur et recopie telle ou telle phrase sur les cloisons de mon bateau. J'ai besoin de ces signes de confiance. Ils entretiennent mon moral, me donnent du peps. Lorsque je n'ai pas transmis de vidéos depuis trois jours et que je devine l'impatience de ceux qui sont restés à terre, je suis parcourue de frissons. Je me dis que je prends plus que je ne donne et qu'il est temps de rééquilibrer mes échanges. Tout au long de la course j'ai dû envoyer *grosso modo* six heures de vidéo au total. Pour quatre-vingt-dix-sept jours en mer. Un moindre dû. Une part infinitésimale de mon vécu. Le reste, l'essentiel, est gravé dans mon disque dur interne : ma mémoire vive.

Durant trois mois, j'ai filmé en suivant un principe on ne peut plus basique : saisir l'instant. Je n'ai jamais cherché à engranger des séquences plus ou moins explicatives ou didactiques dans le but de réaliser un documentaire après coup. L'idée était de capturer un moment éphémère, un clin d'œil furtif susceptible d'être restitué tel quel deux ou trois heures plus tard. En cela je me distinguais du reste de la flotte. J'ai allumé le feu deux jours après le départ. En pleine tempête. Vingt-six secondes qui, d'emblée, ont donné le ton : capuchon étanche au ras du front, lunettes de ski plaquées sur le visage, je caracole sur un toboggan en furie. Une lame déferle, je prends un seau d'eau en pleine tronche, la caméra vacille. « Welcome to the Vendée Globe ! »

Ce coup d'essai m'a incitée à persévérer. A faire court, à faire bien, à faire vrai. Chemin faisant, je n'ai cessé de soigner mes images, de peaufiner mon montage. Compte tenu du coût des communications, je ne pouvais me contenter d'envoyer des rushes, c'est un produit fini que je devais transmettre. Contrairement à ce que j'ai pu entendre, je n'ai jamais « interprété un rôle » ou obéi à une « mise en scène ». D'abord exaspérée par cette suspicion, j'en ai, au final, tiré une certaine fierté : finalement mes vidéos doivent être assez classe pour que certains s'imaginent qu'elles ont été préméditées. Ce que nous vivons en course n'a rien à voir avec le cinéma. C'est vrai, c'est authentique, et ça doit le rester.

Pendant le Vendée 2000, Ellen MacArthur a été accusée d'en rajouter parce que ses vidéos la montraient souvent en larmes. A chacun son tempérament, à chacun sa façon de le restituer. Avec l'humour qu'on lui connaît, Michel Desjoyeaux a gentiment fait le distinguo : « Avant, nous avions une Anglaise qui pleurait tout le temps, aujourd'hui, nous en avons une qui rigole tout le temps ! » Depuis, la comparaison me revient en boucle. Mais je le répète : nos approches et expériences ont été très différentes. Personnellement j'étais, si j'ose dire, plus décontractée, plus détachée. A l'inverse, Ellen était beaucoup plus jeune, beaucoup moins expérimentée. Elle a lutté pour la victoire, mon but était d'abord de bien figurer. Le reste est affaire de personnalité, de sensibilité. A chaque Vendée ses personnages – le taiseux, le hâbleur, le bougon. A chaque Vendée ses péripéties – l'échappée belle, la tempête inattendue, le naufrage imprévu. C'est un feuilleton. Mieux, une épopée. Que personne ne peut prévoir ou écrire à l'avance.

Depuis la toute première édition – disputée en 1989-1990 –, la technologie a enregistré des progrès considérables. Dire que transmettre des images, des sons, des impressions, depuis nos engins instables perdus au plus loin des océans, est devenu monnaie courante ! Les plus âgés regrettent l'époque des silences et des secrets accumulés. Je le reconnais, à l'origine la part de mystère devait prévaloir. Tout le monde ignorait ce qui allait se passer. Les premiers engagés disposaient de quelques indications, mais c'est à l'assaut de l'inconnu que la plupart d'entre eux se destinaient. Je suis convaincue qu'il est nécessaire de préserver une part de notre jardin secret ou, plus exactement, de demeurer maître des informations que nous souhaitons délivrer et partager. Il est d'ores et déjà possible d'installer des caméras commandées depuis la terre sur chacun de nos bateaux. D'organiser une sorte de « Loft » maritime à distance. Et d'espionner les allées et venues des uns et des autres. Je n'ose même pas y penser…

Quoi qu'il arrive, je crois nécessaire de trouver un équilibre entre le premier Vendée remporté « au piolet » par Titouan Lamazou et les émissions « cages à rats » que nous propose chaque jour la télévision supposée moderne. Le Vendée Globe ne doit pas tomber sous la coupe de Big

Brother. Ce n'est pas parce que nous embarquons une caméra que nous devons dévoiler tout de nos doutes, envies ou intimités. Au bout du compte, il importe de montrer ce que nous voulons bien donner à voir. Plusieurs fois il m'est arrivé de négliger mon appareil photo ou ma caméra, simplement parce que j'avais envie de conserver ce moment pour moi. Un mot, une phrase suffisent parfois à faire travailler l'imagination. Pourquoi saturer notre cerveau d'images puisqu'il génère les plus belles d'entre elles : les rêves ?

J'apprécie de faire participer les autres à mon aventure. Les enfants tout particulièrement. Le Vendée comme mon bateau sont des révélateurs, des traits d'union. Ils constituent de formidables outils pédagogiques capables d'introduire de manière ludique des spécialités aussi variées que la géographie, l'histoire, les sciences de la nature, la physique, les mathématiques. Au risque de paraître vieux jeu, j'ai toujours pensé qu'une bonne éducation reposait sur un minimum de savoir. A une époque où il est de bon ton de critiquer nos systèmes éducatifs – en France comme en Angleterre –, j'estime que la poursuite d'études solides et convenables est indispensable. J'ai conscience que les diplômes ne préservent pas du chômage, mais une scolarité crédible garantit des atouts qui dépassent la simple perspective d'un travail rémunéré. Elle forge les caractères, ouvre les esprits et multiplie, au final, les chances d'une autonomie véritable. J'ai eu ma part de chance. L'école ne m'a jamais pesé. J'aimerais simplement donner aux enfants l'envie d'apprendre.

Pour qu'un maximum d'écoles puissent me suivre sur mon tour du monde, j'avais demandé à Alexandre, mon webmaster, de créer une rubrique « questions-réponses » spécialement adaptée sur mon site Internet. Les interrogations étaient tellement nombreuses qu'Alex – aidé de sa compagne Sandrine et de ses deux enfants – a été contraint de faire une sélection. Un superboulot d'équipe. A l'origine ce parfait passeur, et informaticien hors pair, avait monté un fan-club du côté de Concarneau. Il s'est proposé bénévolement. Je ne pouvais refuser d'autant que le courant est passé très vite entre nous. Hormis les quelques frais d'entretien et d'hébergement du site que j'ai naturellement pris à ma charge, Alex a couvert l'essentiel des investissements de cette initiative. A terme, j'aimerais beaucoup mettre en place, avec son aide, une structure pérenne plus efficace encore. Compte tenu des nouvelles technologies désormais mises à notre disposition, je pense que nous sommes loin d'avoir épuisé le chapitre des communications avec le public.

Internet a ouvert les portes de l'interactivité. Comme beaucoup, j'ai créé ma page fan-club sur le réseau social Facebook. Je l'actualise plus encore que mon site. Je sais que d'autres groupes me concernant existaient déjà. Le plus important, monté par Couscous, compte plus de 700 membres. Alice, la fille cadette de Xavier David, mon associé, est une de mes plus grandes supportrices. De sa propre initiative, elle a lancé une autre plate-forme : « Sam Davies Vendée Globe 2012. » J'ai même un fan-club en Italie. Si je ne suis pas une inconditionnelle des messages instantanés sur Twitter, Facebook est un outil qui me convient. Je m'en sers surtout pour rester en contact avec mes amis et les membres de ma famille. Je suis inscrite depuis quatre ans, à une époque où la version française n'existait pas encore. Régulièrement je vérifie mes paramètres de confidentialité et tempère le flot de mes confidences. On ne sait jamais ! Dernière trouvaille : ma mère est devenue mon « amie » et est donc susceptible d'entrer en contact avec mes potes ! Il faudrait peut-être que je trouve une nouvelle méthode pour communiquer…

Chapitre 18

Un nouveau départ

Février 2009. Mon tour du monde arrive à son terme. La mer se plisse comme si elle voulait sourire et je retrouve dans ces rides l'expression d'un visage que je ne connais que trop bien. Un morceau de terre semble soulever un coin de ciel. Le rivage déchiré et le phare de granit qui me saluent me ramènent en arrière : jusqu'à Belle-Île, la bien-nommée. Je suis passée si souvent par ici : en vacances, en famille, lorsque je n'étais encore qu'une enfant, puis en professionnelle, bien des années plus tard, seule ou en équipage, en course ou à l'entraînement. Ici, j'ai mes habitudes. Je pousse la porte. Je suis chez moi.

Lumière tamisée. Juste entretenue par quelques étoiles éparses. Dans la semi-obscurité, une présence humaine me rassure : les pêcheurs qui croisent au large de Saint-Gilles-Croix-de-Vie. Je reviens d'un tour du monde mais je me retrouve de plain-pied dans un décor familier. Comme si je n'étais jamais vraiment partie ! Le temps s'est arrêté. Le doute s'insinue. Les trois mois que je viens de passer au large n'existent plus. Me revoilà à mon point de départ : aux Sables d'Olonne que je n'ai jamais quittés. J'ai parcouru la planète, traversé cinq océans, doublé trois caps, mais mon cerveau peine à restituer les tenants et les aboutissants de cette révolution sans fin.

J'ai peu dormi la nuit dernière et les jours qui ont précédé ne m'ont pas laissé davantage de répit. Le chassé-croisé pour les 3e et 4e places m'ont accaparée. Bien que distancé sur l'eau, Marc Guillemot me précède au classement. Resté plus longtemps aux côtés de Yann Éliès, impliqué directement dans son sauvetage, il a bénéficié d'une compensation en temps bien supérieure à la mienne. Rien à dire sauf qu'il a lui-même perdu sa quille en fin de parcours et qu'il s'en est fallu d'un rien que je ne rattrape mon handicap. Jamais je n'aurais imaginé une arrivée aussi serrée. Ni de me retrouver sous pression jusqu'au bout. Jusqu'à la ligne. Il n'est jamais recommandé de piquer un sprint au terme d'un marathon ! Dans l'idéal, j'aurais bien apprécié de finir en douceur, histoire de bien savourer mes derniers moments de solitude, de prendre soin de moi avant de retrouver le monde civilisé. J'aurais voulu me faire jolie. Dans la précipitation, je n'ai même pas eu le temps de me laver les cheveux !

Je suis sale, épuisée, mais heureuse. Je ressens les mouvements de la houle et les variations du vent à l'égale d'une petite musique intérieure. Je fais corps avec mon bateau, aussi tendu qu'un instrument à cordes. Nous progressons en cadence, à la manière d'un métronome. Encore un peu et nous pourrions repartir pour un tour ! Je suis en mer depuis près de cent jours avec le sentiment d'être partie la veille. Je me souviens de mon angoisse initiale – du pathos et des larmes – et crains de basculer dans le même registre à l'arrivée.

Emma, mon amie d'enfance, m'a écrit un très beau mail hier dans lequel elle évoque mon retour sur terre. Elle a fait un tour du monde en croisière avec son mari et me rapportait combien il leur avait été nécessaire de préserver un moment de transition au terme de ce long voyage. Une réadaptation comme un réveil des sens : voir la terre, retrouver ses odeurs, sa rumeur, avant de la toucher. Moi-même j'aimerais atterrir en douceur. Et éviter le diktat imposé à certains par des partenaires peu délicats : arriver en plein jour, à la bonne marée pour enfiler le chenal dans la foulée et toucher le quai juste avant le journal de 20 heures ! Des calculs inutiles pour ce qui me concerne : jusqu'à la fin j'ai cravaché pour tenter de décrocher la 3e place derrière Desjoyeaux et Le Cléac'h.

Des embarcations tournent autour de mon bateau, je suis un peu éblouie par leurs lumières, assourdie par le bruit. Je me sens en dehors de moi. Ici et si loin à la fois. Je cherche des repères dans la nuit noire. Mes *Roxy boys*, ma bande, mon équipe. Ils s'agitent comme des sémaphores, je devine leurs sourires. Voilà mon père, qui me salue, la main levée, et ma mère, serrée tout contre lui. Ma sœur est là aussi. Et puis évidemment Romain : « Bonne fête mon amoureux ! » La classe : je suis rentrée le jour de la Saint-Valentin !

Il est 1 h 41 du matin. Je viens de franchir la ligne d'arrivée. Après 97 jours de mer. Accolades et poignées de main. Rien n'a changé. Ce sont les mêmes personnes, descendues du bateau avant que je ne m'éloigne, qui remontent à bord aujourd'hui : mes proches, mes sponsors, les journalistes. Je retrouve tout ce monde comme je l'ai laissé. Aux Sables d'Olonne. Drôle de circonvolution. Après mon départ, je le sais bien, la vie a repris son cours :

chacun est retourné à son quotidien. Pendant les trois mois que j'ai passés en mer, chacun a égrené ses rendez-vous, fêtes et tracas habituels. Le planète a continué de tourner. Mais, pour moi, le temps s'est arrêté. Le temps d'une course non-stop, d'une parenthèse d'éternité qui m'a projetée dans une autre dimension, loin des habitudes et des contingences. Une bulle de rêve dont j'ai été la seule locataire et la seule propriétaire.

Je secoue une bouteille de champagne. Je me demande pourquoi des gens que je connais à peine sont en train de pleurer. J'ai tout à coup le sentiment d'avoir navigué, entre ces deux mondes, en dehors de l'espace et du temps, dans un couloir parallèle. Je ne parviens toujours pas à comprendre. J'ai peur que mon imagination ne me joue un tour. Je cherche un indice, une preuve. Compte tenu de la marée, je vais devoir rester au mouillage et donc à bord de mon bateau pour une nuit supplémentaire. Je suis ravie de disposer de suffisamment de temps pour verrouiller notre histoire à double tour. Derniers instants d'intimité avant de regagner les pontons.

Mes proches venus à ma rencontre ne sont pas loin, bien sûr. Mais ce sas de décompression n'a pas de prix. Les bières et les fruits frais rapportés par mon équipe ajoutent au plaisir. Allez, encore quelques heures de parfaite transition, et la remontée du chenal n'en sera que plus délicieuse. Romain est avec moi. Mes préparateurs aussi. Une parfaite garde rapprochée avant d'affronter le gros de la troupe. Plus qu'à un choc c'est à une surprise que je m'attends. Perdue dans les limbes, je me trouve dans la peau du rêveur soudain revenu au pays des vivants. Il rumine encore les belles images qui ont encombré son sommeil, mais peine à les identifier, à reprendre le fil de sa pensée, à mettre un pied en dehors de son lit. Le ballet des bateaux dansant autour du mien, des hélicoptères virevoltant dans le ciel et des spectateurs ondulant le long des quais me permet de réaliser enfin. Pas moins de 120 000 personnes sont au rendez-vous ! J'ai peut-être du mal à me remémorer mes illuminations passées, mais la réalité qui déferle autour de moi a tôt fait de me faire redescendre sur terre en même temps que je réapprends à marcher…

Le Vendée Globe a bouleversé ma vie. J'ai gagné en confiance. Mais plus que ce surcroît « d'assurance » – « raisonnable » précisent ceux qui me connaissent le mieux –, c'est surtout le regard que les autres portent sur moi qui a modifié mon comportement. Je vous assure :

il n'est pas évident d'accepter que certaines personnes vous prennent soudain pour autre chose que ce que vous êtes vraiment. Hier, pour beaucoup, j'étais transparente, inconnue, anonyme. Aujourd'hui, les sollicitations se succèdent, souvent sans raison objectives. Plusieurs grands magazines français (*Paris Match*, *Elle*, etc.) ont immédiatement voulu connaître un peu mieux « la petite Anglaise qui danse sur les vagues », au détriment d'autres concurrents mieux classés que moi. Parce que je suis une fille ? Parce que j'ai mieux communiqué que certains ? Sans doute. Mais plutôt que de me plaindre, plutôt que de m'émouvoir de ces choix un rien opportunistes, j'ai veillé à toujours replacer les choses dans leur contexte. Même si les curiosités dont j'ai été l'objet ont souvent fait peu de cas des années de formation et de labeur qui m'ont été nécessaires pour parvenir à mon niveau de compétence, j'ai toujours pris le parti de saisir ces opportunités pour couper court aux clichés et passer outre les raccourcis. Je n'ai pas le droit de bouder l'intérêt que me porte un public souvent ignorant des choses de la voile les plus fondamentales. A moi de les aiguiller, de les affranchir, de leur donner, éventuellement, le goût d'une activité que trop de discours alarmistes présentent comme un challenge inaccessible. Tous mes admirateurs ou admiratrices n'iront pas un jour naviguer autour du monde. Mais pour qu'il en existe ne serait-ce qu'un, je me dois d'être attentionnée et disponible pour la majorité d'entre eux. Tout bien considéré, je relativise ce changement de point de vue. Il n'empêche, il existe, et il est de ma responsabilité d'en tenir compte. Je ne me suis pas alignée au départ du Vendée pour devenir célèbre. Je l'ai fait pour moi. Mais compte tenu de ma performance et de l'attention que le public m'a portée, je suis bien obligée d'assumer les « dégâts collatéraux » que cette conjonction – le succès et sa récompense – a généré dans mon sillage.

Dans ma tête, le Tour du Monde fut un accomplissement, mais aussi un passage. Je n'ai pas l'intention de m'arrêter en si bon chemin. Tous les navigateurs composent avec une inévitable lassitude « post-Vendée », le fameux « Vendée blues » auquel quantité d'anciens participants ont été confrontés avec plus ou moins de violence. J'avoue ne m'en être pas trop mal sortie. Après une logique période de turbulences, je suis repartie de plus belle. Jamais je n'ai été touchée par une quelconque forme de dépression. Et pourtant Dieu sait que cette course est « cannibale ». Pendant quatre ans, elle monopolise le moindre de vos gestes, la plus petite de vos pensées. J'en sais quelque chose puisque la porte à peine refermée, j'ai décidé de la rouvrir et de réentammer une campagne supplémentaire !

A l'image d'un champion en quête d'une médaille d'or, je n'ai pas eu le temps de me reposer sur mes lauriers. La distance entre deux Vendée – quatre ans –, comme entre deux festivals olympiques, a beau être importante, c'est bien d'un sprint permanent qu'il est question. Non seulement l'armement d'un bateau est fastidieux. Il convient de faire évoluer ses acquis, de profiter des dernières innovations, d'oser de nouvelles options. Il est indispensable de trouver les financements, d'insuffler une nouvelle dynamique, de motiver une équipe souvent remodelée. Mais il est aussi indispensable de prévenir la concurrence. Pour le prochain Vendée – malgré des données économiques plutôt défavorables un peu partout en Europe –, au moins une quarantaine de projets pointent déjà leur nez. Il y aura de la casse. Pas sûr que tous les commanditaires y trouvent leur compte. Bâtir un projet gagnant est de plus en plus difficile. Certains ont déjà pris une ou deux longueurs d'avance. Compte tenu de ces données liminaires, faut-il tempérer ses ambitions ou, au contraire, accélérer le processus ? Nous sommes plus d'un à nous interroger. Chaque mois les données peuvent évoluer.

Pour ce qui me concerne, j'ai choisi de repartir avec un autre sponsor puisque celui qui m'a accompagnée jusque-là n'a pu renouveler son engagement. Sachant que j'ai – logiquement – placé la barre de mes ambitions un peu plus haut qu'en 2008, je me dois de surenchérir sur tous les fronts. Si j'ai bien l'intention de remporter cette belle épreuve un jour, cette perspective heureusement ne m'obsède pas. Je n'ai pas le couteau sous la gorge et ne suis pas autrement pressée. C'est l'avantage de la voile : contrairement à beaucoup d'autres sports, notre carrière ne s'achève pas en même temps qu'expire notre carte de « moins de 25 ans » ! Certains marins célèbres – Loïck Peyron, Francis Joyon ou Jean Le Cam – ont dépassé la cinquantaine. A 66 ans, Olivier de Kersauson navigue toujours autour du monde. Mike Birch a fini 9e de la Route du Rhum alors qu'il avait 71 ans ! Effet induit : la navigation est l'un des rares sports où l'on peut se faire humilier par beaucoup plus vieux que soi. Ce qui n'est pas toujours très bon pour le moral…

En voile, il n'est pas simplement question de force ou d'endurance. Le mental est aussi primordial. Je pense que pour remporter une grande victoire, je dois, encore et encore, améliorer mon approche jusque dans les moindres détails. Je poursuis ma route consciencieusement. Je me dis que ce n'est pas si mal de ne pas avoir tout gagné. Plus nos buts sont éloignés et plus les routes qui nous y mènent sont longues et laborieuses. J'aime l'idée qu'il me reste tant de chemin à parcourir. Je n'ai pas pu lancer la construction du bateau de mes rêves ? Je dois, à nouveau, me contenter d'un bateau de seconde main ? Qu'importe. Ce cadeau auquel aspirent tous les marins du monde me sera, j'en suis sûre, offert un jour. L'essentiel pour moi, dans les deux années qui me séparent encore de ma nouvelle circumnavigation, est d'améliorer mes connaissances, de multiplier les courses intermédiaires, d'effectuer le maximum de tests imaginables, de préparer au mieux ma monture pour jouer vraiment les trouble-fête parmi les premiers de la flotte. Nous avons été particulièrement préservés par le mauvais temps lors du précédent exercice. Qui dit que le suivant ne sera pas peuplé de pièges bien plus sévères qui, précisément, réclameront de ses prétendants davantage de vécu et d'expérience ?

Se mettre en condition, parcourir le chemin qui vous sépare du départ à venir est en soi un cadeau. Moi qui suis toujours à la recherche de belles phrases, j'ai trouvé celle-ci sur un site Internet, qui me va comme un gant : « Il n'est rien de plus beau que l'instant qui précède le voyage. » Pour moi aussi le bonheur est moins dans la destination que dans l'intention, moins dans le résultat que dans la manière. J'ai repris la route, je poursuis ma quête. Vers un nouveau tour du monde, un nouveau tour de moi-même. L'épreuve de ma vie. Le challenge de mon existence.

La course de mes rêves.

TABLE

Crédits photographiques

Toutes les photographies © Samantha Davies, sauf :

Page 4 en haut : © Paul Larsen / Maiden2

Page 4 au milieu : © Skandia

Page 4 en bas : © Jacques Vapillon / DPPI

Page 5 troisième en partant du haut : © Vincent Balard /Roxy Sailing

Page 5 en bas : © Aquashot

Page 6 au milieu : © François Van Malleghem / DPPI

Page 7 au milieu : © Aquashot

Page 8 à gauche : © Aquashot

Page 8 à droite : © Vincent Curutchet / DPPI

Page 8 en bas : © Jacques Vapillon / DPPI

CET OUVRAGE A ÉTÉ COMPOSÉ
PAR FACOMPO À LISIEUX (CALVADOS)
ET ACHEVÉ D'IMPRIMER
SUR ROTO-PAGE
PAR L'IMPRIMERIE FLOCH
À MAYENNE EN OCTOBRE 2010

N° d'édition : 16425 – N° d'impression : 77915
Dépôt légal : octobre 2010
Imprimé en France